SV

Jürgen Becker

Graugänse über Toronto

Journalgedicht

Suhrkamp

Erste Auflage 2017

Satz: Satz-Offizin Hümmer GmbH, Waldbüttelbrunn
Druck: Pustet, Regensburg
Printed in Germany
ISBN 978-3-518-42752-1

Graugänse über Toronto

Zurück auf dem Land. Der Blick über die Hügelreihen
tastet einen Kontinent ab, der fremd und neu
zu entdecken ist.
So sieht es aus.
Aber wir kennen
die Gegend; kein Flügelschlag, kein Feldweg führt uns heraus
aus der Reichweite ihrer Geschichte. Mit leeren Seiten
wartet die Chronik, wartet auf das, was wir gewohnt sind
zu tun, was wir wiederfinden und ändern
an den Mustern der Wiederholung. Das Scheunendach
hat sich gesenkt, das Scheunentor ächzt; anfangen
mit Hobel und Säge.
Die Zimmer sind kalt.
Im Schrank die alten Pullover. Wie lange noch reicht
der Bestand an Brennholz, Briketts, der Ölrest
im Kanister ... als hörten die Ängste nie auf, als
ginge es wieder ums Überleben ... der Griff
nach dem Feuerhaken, nach Kohlenschaufel und Beil,
der Griff um Jahrzehnte zurück
(kann kommen, der Bescheid
aus Brüssel, was einzuhalten ist an Standards
im Ökosystem) –
Kohlenstaub, Qualm; am Zaun
die letzte Novemberrose baumelt überm Ascheneimer.
Im Briefkasten am Hoftor steht nach dem Regen
das Wasser. Selten kommt Post. Man bittet um

keine Werbung, nur hält sich daran nicht
das Anzeigenblatt. Endloser Streit; der Zusteller
verteidigt seine Identität: er trage *Zeitungen* aus,
mit Zeitungs-Artikeln aus der Region –

Gezeter beim Nachbarn,
im Hühnerstall; der Fuchs hat sich unterm Fachwerkbalken
durchgebuddelt. Video-Überwachung, sagen die Sicherheitskräfte
… mir fällt der Großvater, die Hühnerfarm ein. Fahrendes Volk
klaute ein paarmal die Eier. Der Mann stellte ein Schild
auf, das vor *Selbstschüssen* warnt. Es war nur ein Schild, zwischen
Brennesseln und Habichtskraut. Trotzdem, in der Dämmerung
ein Knall. Der Großvater, mit Hund zog er los; entgegen
kam ihm der Förster, knurrend, er hatte den Fuchs
verfehlt; der Hund stand bellend am Bach. Familientreff,
und was man sich erzählte, worüber man schwieg; auch die Kinder
fragten dann nicht, wieso und warum, wer, wo und wann

– Schnitt,
Klamottenwechsel; gefärbt, gewendet, umgenäht die Restmenge
der angesammelten Lagerbestände. Wer Bescheid wußte, winkte
ab. *Es gibt ein Recht aufs Vergessen.* Das Zeitungsblatt
unter der abgerissenen Tapete; ein Foto zwischen Stapeln
von Fotos. Die Nachbarin sagt (sie sagt es seit
30 Jahren), sie hat auf dem Speicher
einen ganzen Karton voll. Aber sie zeigt nichts,
und ich frage nicht mehr.

Heiser und leise

die Radiostimme. Die Fortsetzung des Selbstgesprächs,
das Kontakt mit den Augenblicken hält, die unaufhaltbar
vergehen. Der Blick zurück geht oft nach dort, wo
das Gelände noch nicht leergeräumt ist. Pappelreihen,
Hochspannungsmasten; die Erzählung geht durch die Ebene,
die wir erreicht hatten mit einem Handwagen, wenig Gepäck.
Kein Geld für die Straßenbahn. Weil man nicht
weit kam, fand man für jede Straßenecke,
den Tabakladen, den Trümmerrest, das Milchgeschäft,
Friseur und Frittenbude

Bedeutung. Im nachhinein
die Waschzettel der Theorie; mit ihren Untertiteln
mischt die Semantik des Alltags sich ein; beim Abspann
Gelauer, wer alles zitiert wird. Wie weit man
anderswo war, wir saßen am Straßenrand und flickten
den Fahrradschlauch –

ungleich, wie es so läuft.
Die Wetterkarte, und du weißt, wo das Wasser im Wohnzimmer
steht und wo es nicht reicht für einen Schluck
mehr. Einer hält es nicht aus, einer hält sich an
die Regeln. Dem Neubau droht die Sanierung; das alte Fachwerk
steht und steht; ein Zimmermann vor 200 Jahren. Der Spiegel
im Flur verändert nichts; er zeigt nur, was du
nicht wahrhaben willst; erst wenn es dunkel ist, kannst du
den Kittel ausziehen gehn.

Kalt sind die Zimmer.

Der Holzknecht fing im Morgengrauen an, Kachelöfen,
Kamine. Am Telefon der Lagebericht. Noch grünt
die Kapuzinerkresse, das heißt, die Front
des atlantischen Tiefs hat gehalten, das Hoch steht
mit seinen Frösten jenseits der Oder. Die Amseln
baden in der Tränke. Eisfreie Häfen. In Sicht
keine Leichen. Planwagen, schwarzweiße Filme, Wintermusik;
Pelzmäntel schaukeln in der Garderobe. Die Spätschicht
kann nicht sagen, wer durchkam und wer nicht –
Nachrichtenströme,
weiß ich jetzt alles? Früher gingen wir mit einer *Ahnung*
zu Bett; was kommen würde … täglich aufgemacht
ein Türchen im Adventskalender. Kein Regen, wenn sehr
hoch überm Haus die Schwalben. Das Käuzchen nachts
rief die nächsten Todesfälle aus. Bevor wir etwas
hörten, hob der Hund schon den Kopf; Riegel und Kette,
Abend für Abend kam Herr Jesus zu Gast
– Schafe
zählen, dann schlief man bald ein. Der Backstein,
warm vom Herd, für die am Nordpol liegenden Füße. Gerappel
unterm Dach, die Familie des Marders. Man dachte an Lebensläufe,
die den Möglichkeiten entsprechen, aber doch nie
zu verwirklichen sind; nur fuhren die Wünsche mit
auf dieser Parallelspur, die oft so nahe kam,
daß man berühren konnte, was unerreichbar schien;
ein Papierblatt genügte, um den Abstand zu halten,

das Trennende zwischen den Zonen, in denen man
unterwegs war, ohne sich zu bewegen.
Die Wiese bewegt sich.
Wir tun nichts im Winter; die Maulwürfe
haben jetzt Zeit für die Ausdehnung, den Ausbau
ihres Systems: Tiefenbohrung, Tunnelbau. Korridore,
Hohlräume und Seitenkammern, Versorgungswege, Aushub.
Alle Bauten, bis zum Hügelrund, unter Kontrolle. Da kann
die Katze lange warten ...
Zwei Krähen im Geäst.
Man kennt sich. Eine macht harr harr; man sieht nicht,
welche; eine flattert hinab und sitzt, schief gelegt
den Kopf, auf dem zweiten Zaunpfahl. Sie warten, daß du
mit den Suppenknochen kommst, aber wir leben
nicht jeden Tag hier –
zwischen den Städten, nahe,
wo sich die Ballung beschleunigt, rührt sich bald
nichts mehr vom Fleck. Der Mensch lebt länger als
die Brücken, die er baute; jetzt sperrt er sie ab,
sonst stürzen sie ein. Umleitung, im Hohlweg hängt
der Konvoi fest. Der Nachbar sagt, mein Tag fängt
an, hört auf in der *Hölle des Berufsverkehrs*. Die
halbe Stunde Fußweg zur Fabrik, das war noch
der Vater. Die Autobahn rauscht nachts wie das Meer,
meint der Dichter. Die Fehler schon im Material,
der Murks ein Bestandteil der Kalkulation; der Subunternehmer

setzt sich nach Portugal ab. Still steht die Anzeigentafel,
die Kamera sichtet das herrenlose Gepäck, vorerst geht
der Krawall noch spazieren

– die Wintermode bleibt
auf ihren Mänteln sitzen; der Frost bleibt weg
wie die Kundschaft vor ihren Eisbechern in der Fußgänger-
zone. (Putins Rache, weiß der Tankwart, er liefert
dem Westen den Winter nicht mehr / Minusgrade wie im
Krieg, Skispuren quer durch den Kiefernwald, Reisig im Rucksack,
tot der Hund und starr wie ein Brett)

Im Kopf
die Bilder, für die es kein Museum gibt. Sprechen
könnte man über die Herkunft, Zusammenhänge, vergleichbare
Dinge; im Einzelfall kommt es ja vor, es reicht aber
nicht für eine Tournee, dann endet auch schon
die Korrespondenz, drei Ansichtskarten fürs Archiv.

Sitzen
am Tisch. Die Tischlampe ist den halben Tag an,
die Dämmerungen gehen ineinander über. Die Stimmung
hängt tief unten im Schacht, dabei war die Lage
nie besser. Kein Sofaeck wird beschlagnahmt; Stromsperre
ein verfallenes Wort wie Kleiderkarte, Muckefuck. Man kann
so gut wie alles sagen; man hört dir zu und liest dich mit
rund um den Globus; Tomaten gehen nie aus, Knoblauch
aus China. Krise ist nur, solange sie in den Nachrichten
vorkommt; was bleibet, stiftet der Wetterbericht: *und machen
Sie's gut*

– es muß nur immer einer mal sagen. Du siehst,
die Stimmung dreht sich. Der Fensterblick: am Horizont
ein heller Streifen. Nach wie vor hilft, wenn gleich nebenan
sich ein Commonplace findet; kein langes Suchen, alles
zur Hand, was man braucht für Herstellung und Vertrieb.
Bindfaden, Bimsstein, Hometrainer und Copyshop,
Schraubenzieher und Schrauben für kleinere Reparaturen,
den Risiken geht die Luft aus, wenn man dem Sog der Vorsorge
folgt. Wie lange das reicht, die Chronik weiß es noch nicht,
wir rechnen mit unvorhersehbaren Situationen –

jeder Schritt
vor die Haustür vollzieht einen Abschied, ganz gleich, ob
es zum Briefkasten oder an die Front geht. Wer
Weihnachten wieder zuhause sein will, legt am besten
gleich ein Attest vor, zieht ab in den Vorruhestand;
Wohnmobil, Datsche, Wochenendgrill, hier geht der Flug
der Utopien nieder, auch wenn es so nicht gemeint
war

– gestern zwei Körbe Kaminholz, Winterquartier
im Stall. Wir hatten ihn nicht mehr erwartet, den Frost,
der über Nacht ins Gehöft kam. Kenntlich seit Kinderzeiten
seine abstrakten Gebilde, Zeichen, Schriften, Gewächse
(die wir Eisblumen nannten); die kurze Frist
für Skizzen der Imagination. Draußen das Erdreich
wie Eisen, das auch der Maulwurf nicht aufbricht (damals

mit Hammer und Meißel schlug ich in Dressels Garten
das Grab für den Hund auf). Die Ölpumpe
röchelt, bevor sie es aufgibt; wir stellen um
auf Handbetrieb –

In jenen Tagen ... der Filmtitel
bleibt stehen und stehen; vom Inhalt kann ich dir
kaum was erzählen (Inhalte habe ich nie behalten);
ein paar Bilder vom Fließband der Illusionen. Später
im Traum taucht ein Opel Olympia auf, Baujahr 36,
und eine Stimme erzählt von wechselnden Besitzern;
Zivilanzüge, Uniformen, Kennzeichen Wehrmacht (WH);
Nächte im Osten, Winterchausseen, Dramaturgie
des Schicksals; dann reißt der Traum ab, und ich weiß
nicht, ob es ein Traum war, wo Schrotthaufen, Trümmerhalden
keinen Kulissenschieber brauchten –

kann sein, Bombenstimmung
unter Städteplanern, Geheim-Entwürfe lagen ja vor; nach jedem
Reihenabwurf brauchte man keine Behörde mehr für Umsiedlung
und Abriß, nach jeder Mine eine Freifläche mehr; Komplizenschaft
mit Langstrecken-Piloten. Wer bloß die Schienen reparierte,
fragte nicht lange, was die Lokomotiven
hinter sich hatten; Heizer bleibt Heizer, Rauch verzieht sich,
Transporte rollen für Kohl und Kartoffeln –

zwischendurch
fällt dir ein Name ein, der tagelang verschütt war. Ausgänge
alle unter Kontrolle, das Vergessen aber wie eine

Luftbewegung, zieht durch und weg, nicht mal die Gardine
atmet einen Hauch lang mit.

Und wer nicht dabei war,
weiß gar nicht, worüber wir reden. Wir reden darüber, daß wir
nicht mehr dabei sind … verstehst du, was der Nachfolger
deines Nachfolgers alles so anstellt? Nicht länger
dein Kurs, und wieso auch, falls du noch weißt,
wie du zurande gekommen bist, dümpelnd im Schatten,
schlingernd aus dem Schatten hinaus.

Ausblenden … besser
ein Schnitt (Karlheinz am Mischpult hatte den sechsten Sinn
dafür). Der Mond steht im Fenster. Im Schlaf weiterschreiben,
und der Traum ist der Text, den erstens der Schreibende
selbst nicht versteht und zweitens kein Mensch
zu lesen bekommt. Wählt man die eigene Nummer, erreicht man
sich nicht, ewig besetzt –

hör auf zu suchen,
es ist alles da. Beiseite geschoben Schichten und Stapel,
Rechnungen, Quittungen, Kontoauszüge, die Steuerbescheide,
falls der Betrieb nachgeprüft wird. Salz, Teigwaren,
Hülsenfrüchte halten jede Vollsperrung durch. Die Hausfrau
gibt es nicht mehr, die Stammkneipe auch nicht. Ob
man ging oder blieb, das Thema hat sich geopolitisch
verschoben; wer es schafft, mit einem Nudelgericht
wartet das Paradies; die Küstenwache fischt die Leichen
auf; Luftballons schweben, wo die Grenze verlief.

Wintergeruch,
die Äpfel im Keller, bis ins Frühjahr. Die Kartoffeln
schmeckten so süß, weil sie erfroren waren. Aufgereiht
hingen die Tabakpflanzen im Speicher; sie raschelten,
wenn der Wind durch die Dachluke ging. Die Mutter
erzählte vom *Steckrübenwinter* (die Mädchenjahre
im Ersten Weltkrieg) und wie die Großmutter den Käse
verdrehte, damit die Kinder die Maden nicht sahen.
Für Arbeit und Brot wählten die Nachbarsleute
den Hitler; der Großvater blieb deutschnational. Sonntags
in der Laube, weiße Hemden, Dirndlkleider, zu Besuch
die Ausgehuniform, im Radio Wilhelm Strienz. Falsch
oder richtig; es sind unsere Leute, die Rechnung
haben wir übernommen –
Motive mischen sich ein,
die plötzlich aufgetaucht sind, im Stadtanzeiger
morgens, in den Nachrichten neunzehn Uhr. Oder
die Nachbarin fragt, ob jetzt Krieg kommt, und
die Leitung friert ein über Nacht. Schön wär's, am
Gartenbild weiterzumalen, auch wenn Bagger
und Baukran angerückt sind. Zusehends verschwindet
Land. Leitplanken, wo der Weidezaun die Hügelreihe
vom Horizont trennte. Einsam kreiselt die Drohne
über der Schneise im Dickicht.
(Der Garten am Wannsee,
und wie er zugewachsen ist; die Bilder

vom Garten am Wannsee)
– mittags aufgeklopft
das harte Ei. Fehlt im Salzstreuer Salz, kann es
zur Krise kommen. Zeitgeschichte kommt erst an,
wenn sie von der Familie handelt und Mann und
Frau sich wieder in den Armen
liegen. Vom Leiterwagen bis zum Cabrio, und
die verstummte Biographie nahm wieder Kurs auf;
die Tüte mit den Brötchen zum Frühstück lag
alsdann vor der Haustür.
Summertime im Transistor,
und die Anfrage nach dem Zitat; wer macht
im Kopf alles mit ... An jeder Haltestelle rief
die Schaffnerin die Haltestelle aus; Reklame half,
nicht gleich an die Decke zu gehen. Befehlsgemäß
hatten wir die Wohnung geräumt. Keuchen
in den Büschen, Stöhnen aus dem Nachbarzelt.
Das Publikum klatscht, ein schönes Geräusch, sagt,
als Moderator, Reinhard Münchenhagen. Synchronstimmen
machten uns süchtig; das Meer und wie es heranrauscht
machten wir im Studio nach –
denken Sie nicht,
dies sei ein Fazit, sag' ich dem Interviewer; er fragt,
ob das Gedächtnis einen Zettelkasten führt. Es gibt keinen
Zettelkasten; wie stapeln auch keine Daten, und
wie sich die Lage entwickelt ... man weiß ja nie,

ob wir es sind, die dran sind bei der nächsten
Geiselnahme. In Sichtweite die beiden Krähen;
sie wissen, daß wir im Haus sind, auch wenn
wir uns nicht zeigen. Windböen, Äste wirbeln
übers Dach.
                                   Dachziegel krachten hinab in den Hof.
Die Geräuschlawine rollte erst aus, als die Bomber
abdrehten. Geduckt unter Decken hielten wir durch,
Heimatfrontkinder, bis der Leichenhaufen
hinterm Stacheldraht uns sagte, daß wir allesamt
Verbrecherskinder sind. Dann klauten wir auch noch
Konserven und Koks, solange nicht wieder da war,
was nie dagewesen war, Touropa-Züge, Rimini,
Ringelsocken, Nierentisch; im Rosenmontagszug
ging einer mit, der machte den Hitler, und
das Völkchen winkte und lachte, als erzählte Geschichte
nun endlich, was alles ein Witz war –
                                                                                                   alles im Eimer,
sagte der Fähnleinführer und haute ab. Sah ihn wieder
im Blauhemd der FDJ. Komm und mach mit
beim Aufbau des Sozialismus … Trikotwechsel, Umschulung,
Schnitte und Trennung, bis die Geschichte sich drehte,
und der halbdeutsche Lebenslauf drehte sich mit, beim Auffalten
des alten Stadtplans, Bahnhofstraße und Anger, Daberstedt
und Ilversgehofen, der Steigerwald, die Mitteldeutsche Kampfbahn.
Die Klingelknöpfe hingen noch an der Haustür, die Namen alle

ausgewechselt. Beteiligte gab es nicht mehr, unbekannt die Toten,
die Gräber eingeebnet –
frag nicht, ob
wer noch zuständig ist für Einzelheiten, den Wechsel
der Interpretationen, die Summe unterm Strich. Früh
mußte jeder aufstehn, der vorn in der Schlange
stand; wer später kam, konnte auch gleich wieder
gehen; von Tag zu Tag wiederholten sich die Wartezeiten,
und wo sich die Lage nicht änderte, probierte man es
auf eigene Faust, nachts oder nie, im Dunkel
kam man eher durch –
Kein schöner Land …
sang der Vater, wenn er einen intus hatte, abends
auf seiner Terrasse. Im Streit beschimpfte ich
den Realisten als *Reaktionär*; dabei hatte er
den Durchblick bei jedem Schlamassel. Ansonsten
Flieder und Birken, die Rasenfläche hinterm Haus, auf
Superacht die Gartenszenen mit Familie …
das Kontinuum
eines Tagtraums, den Steingewächs, die kleine Ziegelmauer
umgab
(als er beschloß, nicht mehr zu rauchen,
ging mir der Himmel verloren, der Himmel,
mit seinen Wölkchen unter der Zimmerdecke,
atikafarben und so nah)
– du siehst,

so etwas wie ein visueller Sound, der Grundton
der Jahrzehnte, die im Delta dieser Augenblicke
zerfließen. So rasch es geht, es bleiben ein paar
Echofetzen hängen, und noch auf jeder Ansichtskarte
findest du eine Zeile, die mit dem Lebenslauf
korrespondiert

                    – was kommt zusammen
auf der Datenbank … er lächelt nur, der Dokumentarist
an meiner Seite, dann flüstert er: Design
der Epoche.

                Die Ampelphase ist zu kurz; Fußgänger
schaffen die Kreuzung nur bis zur Hälfte. Zu früh
fängt der Unterricht an; Lehrer wie Schüler
unausgeschlafen; keiner liegt vor Mitternacht
im Bett, neben seinem Smartphone. Was sagen wir
zur Faktenlage?

                    Alles sieht er, der Bussard,
der hoch über den Feldern kreist. Der Feldweg
früher ein Fluchtweg hinab in die Wälder; Schweden,
Franzosen plünderten das Dorf leer, zündeten
die Höfe an. Sehen wir irgendwo Rauch?
Der Horizont ist klar und leer.

                                So scheint es.
Und die Krähen sitzen im Geäst. Stumm. Gezeter
zwischendurch, wie um zu sagen … Weißt du, ob
es Warnungen sind, Luftlage-Meldungen, Proteste

gegen den illegalen Kormoran? Man sieht
keine Grenzen im Luftraum, aber es gibt sie, und
wo es dröhnt, wenn es zischt
zwischen Gewölk und Interessen-Konflikten,
zieht man den Kopf ein –
                                        Schneefallgrenze. Wettersprache.
Winter-Event: Snow.
                              Der Rückbezug des Zitats
(George Brecht), falls es im Interview vorkommt. Oder
die Situation wiederholt sich, so oft, daß
ganze Folgen entstehen, das Format einer Serie,
die den Programmbetrieb am Laufen hält. Innovation,
da lacht das Archiv; gespeichert haben wir längst
die Einmaligkeit; parat liegt der Schock, und
recherchiert man ein bißchen, schon hat man Spuren,
irgendeiner war immer schon da
                                                (was soll ich noch
malen, fragt der Maler, der im Museum steht)
                                                                – geh,
die Parkuhr draußen tickt. Rechne damit, daß
Baustellen über Nacht dazwischengekommen sind, und
die Umleitung läuft voll Wasser. Im nachhinein
ist leicht zu sagen, was alles Fehleinschätzung war, auch
wenn im Sitzungsprotokoll steht, zuständig ist eigentlich
keiner. Die Wut der Leserbriefe schwillt an, gewetzt
die Messer im sozialen Netzwerk

– Trainer folgt ja
auf Trainer. Die Südkurve singt, dann wirft sie
mit Feuerzeugen. Wir färben unsre Gesichter
mit den Farben der Nation. In den Kampfpausen
wurden die Briefe verteilt, dann wußten wir wieder,
daß die Heimat hinter uns steht. Blockflöten
bei Kerzenschein, nachts vorm roten Horizont
die Güterzüge, Volk am Gewehr, Geknister in der
Tabakspfeife, wenn Sie rauchen, gefährden Sie
Ihre Kinder.
Tagesthemen; warten wir
bis spätabends. Ich denke, wenn einmal gar nichts
passiert, dann steht ihr mit leeren Händen da.
Sie lächeln, die Nachrichtenleute, wir lächeln, Kollegen,
wo es ankommt auf den *täglichen Kick*, ganz gleich,
ob Tsunami oder Windstille ist. Die Wirklichkeit
macht immer mit, so sagte ich, und jede Situation
hat eine Geschichte, die man kennen muß, um
das Woher und Wieso zu verstehen. Meistens
kennt man sie nicht. Die Recherchen gehen weiter,
und wir tun so, als wüßten wir beim Frühstücksei, wo
alle die Hühner frei laufen
– den Nullpunkt
kannste vergessen; es gibt ja nicht, was du
den leeren Raum nennst, den das Zeitvergehen
passiert, ohne Beteiligte, Mitwisser, Putzkolonnen

und freie Mitarbeiter; auch der Igel ist immer
schon da, weil es zwei Igel sind.
Im Sauerland
ist der Wolf wieder da; vielleicht schnuppert er schon
um die Scheune herum; komische Tatzenabdrücke
unter dem Küchenfenster. Die beiden Nachbarn
haben wir nicht mehr, den mit dem Schäferhund,
und den, der die Flinte anlegte, da kreiselte
Blaulicht zwischen den Höfen; die Forstbehörde
ließ erst mal den Doppelkorn kreisen.
(Dementi;
wieder war's ein wildernder Rüde, der die beiden Schafe
riß. Zwischendurch aufstehn, sonst geht der Ofen aus.
Die Kälte denkt nicht an Rückzug. Der Februar, er hat
verloren mit seiner leichten Waffe Krokus.)
Lokalseite,
die üblichen Motorradunfälle, und die Jungs
der Freiwilligen Feuerwehr, rund um die Uhr, sind
für uns da. Der Mann vorm Hoftor, sein Deutsch
ist nicht akzentfrei; er fragt nach einer Hausnummer,
die es hier nicht gibt. Freundlich der Bescheid, aber
ich weiß nicht … Gedrängel in der Turnhalle,
Schub um Schub, Feldbetten und Fertiggerichte;
die Lottoannahme ruft nach einem Übersetzer; wissen Sie
denn, was auf uns zukommt …
Die üblichen Katastrophen,

Samuel Beckett beim Frühstück, als er den Tagesspiegel
herüberreichte. Als der Blick aus dem Atelier 1
über den Englischen Garten schweifte ...

Szenen und Stimmen
im S-Bahn-Geräusch dieser Jahre, von denen das Grau
einer Foto-Folge erzählt, vereinzelt noch im Antiquariat.
So kannst du es nicht mehr sagen. Nun ja. Frisuren, Fraktionen
gewechselt, Selfie-Gesichter; im Rückspiegel fließen
die Situationen weg, die für unser Fahrverhalten
maßgebend waren.

Sieh hin (und wiedersehen kannst du
die Rückspiegel-Bilder von Peter Berndt), behalte
im Sinn das Hinterland, unsre Herkunft, damit sie ein bißchen
deutlicher wird. Ich meine, deutlich war sie schon immer,
was immer der Zeitenverlauf verwischt hat ... Kanäle, Wasserstraßen,
Blickkontakte mit den Landkartenzeichen, Sandwege und
Datenbahnen, das ganze Meßtischblättermaterial, die Linien
der Hand, der Fahrstuhl aus der Tiefgarage hoch
ins Wolkenkuckucksheim, Dienstreisen ans Mittelmeer,
Trampelpfade, Trittbrettfahrten, Warteschleifen, die
Leiter in den Pflaumenbaum

– die Reihe geht weiter,
Atlasseiten und die Anschlußzüge, und irgendwann hängt
voll die Galerie. Wenn Publikum kommt, halte
den Hut hin, besser, gib dein Konto an und verschwinde
gleich wieder. Die Partys bis zum Sonnenaufgang,

das sind die melancholischen Legenden und wie man
davon erzählt, seitenweise Champagner, handverlesenes
Who is Who; dann fuhr der Porsche nicht mehr vor, wo es
bloß billigen Weißwein gab. Haarausfall, Gebarme ums
fehlende Feedback; kein Anruf heute, wer ist man
denn noch

– ach ja, Insider mit Privataufzug,
verwickelt ins rotierende Gerede, das durch jeden
Friseurladen geht. Und was an Hintertreppe
herauskommt, wer wen vertratscht, verraten hat, nun
weiß es jeder Mensch am Kopierer … man weiß es ja
selber, wundert sich und winkt ab, ein bißchen traurig,
wie es ist.

Wie es war. Die Doku-Serien
laufen, laufen. Die Quote stimmt. Das Leben falsch.
Noch eine Replik? Du hast gleich den nächsten Termin.
Dann bis dahin. Heute bis Leverkusen kein Stau.
Es gibt solche Tage, da findest du gleich, was du suchst,
einen Parkplatz. Kunst geht ganz einfach, aber
sag es nicht weiter, sonst sagt es jeder, und dann
stimmt es nicht mehr. Warte bis nach der Drehtür,
dann hast du hinter dir, wie die eine die andere
Kompetenz aus der Runde wirft; schon wieder dunkel,
stell den Wagen in die Garage –

wo leeres Zeug
herumsteht, Körbe, Kartons, Kanister, als bräuchte man's

noch für Hamsterfahrt, Kartoffelfeld, Räumungsbefehl
und Fluchtgepäck; sicher sieht der Satellit, wo
unterm Stroh versteckt die Panzerwaffe liegt. Den Kämpfen
der Bundesliga folgt nur die Leere im Stadion, und
das Mittelmeer können wir buchen, die Küstenwache
kümmert sich um die Leichen –

alles Garage, wenn es
kein alter Blumenladen ist, kein Schuppen, Scheunenboden,
Kinosaal, wo noch Stummfilme liefen … kein Vorort
ohne Vogelscheuchen, die mit namhaften Mänteln,
honorigen Hüten behängt sind, und die Krähen
wissen schon, warum sie einen Bogen fliegen

– Gespenster
sind eben Leute, die selbst der Teufel nicht haben
will. Sagte die Nachbarin und streute Mehl
auf die Treppe, um der Unsichtbarkeit auf die Schliche
zu kommen; es waren aber nur ein paar Mäuse. Hatten wir
Angst? Angst hatten wir, nicht jeden Abend, auch nicht
im Wald, im Schnee, im Heu … wo also sonst?
Sag es, damit die Gemeinschafts-Praxis Bescheid weiß
und die passende Kur verschreibt; du siehst, Sorgenfalten
hat der Innenminister

– bislang davongekommen,
im Schatten der Sicherheitskräfte, die man nie, nur
im Fernsehen sieht. Und wer sich noch erinnern kann:
wie oft es vorkam, daß nach der Sirene die Stille

folgte und bis zur Entwarnung nichts passiert war.
Das Rätschen des Hähers, sonst tat sich im Niemandsland
nichts; der Streifenwagen blieb in der Schneise
stehen. Dann öffnete sich auch wieder die Hand,
die das Herz umklammert hielt, nachts zwischen
drei und vier. Am Telefon gewartet, bis morgens
der Anruf kam, und Sonnenlicht lag auf dem Tisch.
Es hing auch vom Jahrgang ab, ob sich Verwendung
fand in der Kleiderkammer, zwischen Sandsäcken, am
Zielfernrohr, oder ein Herr in Zivil kam vorbei
und gab einen Wink, nicht alle hielten sich
ans Kommando –
wie denken wir heute ... Heute
ist Mittwoch. Schneereste ziehen sich zurück.
In diesen Tagen geht es so rasch, daß der Garten
noch gar nicht weiß, was der Fall ist. Die Erdbeeren
sind ja schon da, immer Radieschen, alle Salate,
jede Selleriesorte ... rund um die Grünzeug-Globale
wuchert durchs Jahr das Bioprodukt. Die Wühlmaus
hungert, Frost im Frühbeet, Spargel bei Lidl, einst
spannte im Märzen der Bauer sein Rösslein an
(Einst
standen wir nach Spinat an. Ein Pfund pro Kopf. Endlich
dran, da war der Laden ratzekahl leer.)
März-Stimme;
einmal im Jahr: das Telefongespräch

mit einer Kinderzeit, die sich aufbewahrt im Bild
eines blauen Kleides, und die Stimme sagt jetzt, daß
heute der Tag ist vor siebzig Jahren. Der Tag
in der Vorgarten-Sonne und ohne den täglichen Anflug
der Bomberverbände. »Mein schönster Geburtstag.«
Stargard, Stettin, nicht mehr wiedergesehn, und wohin
uns die Umsiedlerei verschlug, in den Nachtzügen
rauschte die Sehnsucht mit, unterwegs zu den Orten,
von denen die Trennungsgeschichten erzählen.
Was alles
möglich gewesen ... man weiß nicht so recht, ob
ein *System*, und welches, die Weichen gestellt hat:
Im Fenster taucht ein Gesicht auf; ein Zettel
wird über den Tisch geschoben; der Wechsel der Straßenseite;
die Einladung in eine Villenkolonie, und man geht hin;
Mutmaßungen, Nachtgewächse, mentale Selbstporträts;
im Zugfenster ein weißes Taschentuch –
du weißt nur, was
an Geschehen folgte und wie die Nacht im Wartesaal,
die Zimmersuche, das Studiogespräch verlief. Die Zeit,
die dem Zögern, dem Ja oder Nein voranging, hatte
schon Kreidestriche gezogen; dann machte der Regen
mit und ließ Verwischungen zurück, die sicher noch
ein Seminar beschäftigt.
Öltropfen
auf Küchenfliesen; beim Einfüllen hat die Kanne

gewackelt. Ein Fall für die Chronik, auch daß ich
das Öl gleich aufgewischt habe. Die Reißzwecke, die sich
vom Türholz gelöst hat, kann ich nicht finden; rätselhaft,
wie das von allein ging. Irrelevant für den Nachlaß,
soviel schon jetzt; es gibt auch keine Korrespondenz,
die vom Bleistiftspitzer handelt, Riesenproblem, seit
der Laden, der Fabers *Minfix* noch führte, zugemacht
hat. Wo nur, wohin ... kennst du dich aus im Netz
der Zuständigkeiten? Hast du Pin-Nummer, Paßwort,
die Bahncard parat? Sicher, der Sommer kommt
von allein, das Wochenende, Westwind –

die Wartezeit,

bis der nächste Satz steht.
Anfrage, ob mir die Zukunft kein Thema ist.
Die Mirabellen blühen zuerst.
Der Kamera-Blitz aus einem leeren, parkenden Audi.
Die Nachbarin sagt, daß die Leiter zu kurz ist.
Die Pappeln, ich sehe, ganz hinten im Bild.
Und wie das Meer, das unsichtbare, seufzt.
Hiddensee: gehört der Stimme von Lutz Seiler.
Was bleibt, das Blau der Zigarettenschachtel.
Im Publikum die Frage nach anhaltender Erinnerung.
So kam der Nachkrieg zurück.
Irgendwas fiel immer aus den Bäumen.
Vogelscheuche mit Gewehr im Anschlag.
Nein, nicht alles habe ich gesagt.

Man weiß, vom Wetter hängt die Stimmungslage ab.
Wenn einer geht, wie viele müssen folgen.
Ein Rücklicht nach dem anderen.
In der Reihenfolge der Einfälle.
Offengelassene Flächen für später.
Phasen der Bewegungslosigkeit.
Ein Zeichen für die Fortsetzung.
Tastend nach der Spur der Möglichkeiten.
Gegenstände und wie sie heißen.
Im nächsten Zimmer, wenn nicht in diesem.
Es kann spät werden, aber so ist es.
Unbekanntes, was da mitarbeitet.
Die Langsamkeit, und wie sie täuscht.
Früher als gedacht, schlimmer als gesagt.
Sprichwörter und ein Dach überm Kopf.
Nachts im parallelen Leben.
Wütend kommen Stürme von der Küste.
Einst die Front der Forsythien wieder.
Einzelheiten im Zusammenhang.
Leerer Tisch liegt voller Zettel.
Aufgezeichnete Geräusche.
Sucht nach Ablenkungen.
Sag's noch mal, jetzt ist keiner da.
Erst dann, wenn ich Bescheid weiß.
Nichts tun als Nachrichten sprechen.
Der Tageslauf in einer Zeile.

Wiedersehen im Takt der Jahrzehnte.
Dazwischen läßt sich das Verschwinden Zeit.
Oder es geht
plötzlich. Der Funkkontakt reißt ab, leer bleibt
der Radarschirm. Vor dem Aufprall schweres Atmen
im Cockpit, und die Stimmen im Stimmenrecorder;
der Flugschreiber wird noch gesucht –
leer bleibt
auch die nächste Seite. Kannst du nichts sagen? Angesagt ist
das Geräusch des Sachverstands, der Zuständigkeiten, und
was alles sonst ... Vorgänge gibt es, die sich
der Beschreibung entziehen, aber warten wir ab; irgendein
Filmproduzent wird sich die Rechte schon sichern;
Unsägliches hat noch immer ein Drehbuch
gefunden
– und nur weil Zeit vergangen, hat sich
das Aktuelle erledigt, vorläufig, bis jemand merkt,
daß ein paar Akten verschwunden sind, aber so weit
sind wir noch nicht ... Ablenkungen, Versäumtes,
und nichts getan, das Flirren der Augenblicke
mit einem Kurs zu versehen, der das Woher und Wohin
ein bißchen kenntlicher macht. Oder bist du,
gestern nachmittag, weitergekommen mit den Fotos
für deine Chronik, in der sich Haus und Garten
wiederfinden lassen, später, wenn wir die Jahreszeiten
vergleichen, wie früher, als wir anfingen,

im wachsenden Durcheinander nach einer Reihenfolge
zu suchen …

Kopf hoch, das kriegen wir hin.
Im Speicherzimmer die alten Koffer, die alles
mitgemacht haben, Zonengrenze, Trennungsgeschichten,
Kontrollen; alles ein Gestern, das nicht aufhört
zu sprechen und keiner mehr hören will? Warte mal ab.
Die Staubschicht ist dünn; Hotel-Etiketten bis
in die vierziger Jahre; der Ledergeruch geht nie
aus der Nase –

aber die Nachrufe
nehmen zu. Die Einschläge kommen nicht näher … sie sind
jetzt ganz nah. Krank sind wir alle, nicht alle
geben es zu

(Hans Bender nur schrieb mir: ich sehne
das Ende herbei);

gesprochen wird
vom Verschwinden einer Generation, die noch
geprägt, beteiligt, verwickelt, traumatisiert / fanatisch,
verführt, freiwillig, verpflichtet, verheizt, unschuldig,
schuldig etc.

Entlassungspapiere, Persilschein, Geländespiele;
jahrgangsweise ein paar Unterschiede zwischen Pimpf
und Panzergrenadier; *befreit* von seinem Lebenslauf ward
keiner, nur zwischendurch ein paar Büschel Gras, als wachse
Natur nach, bis nichts mehr zu sehen –

oder bleibt was
zu sagen, auch wenn, nach dem letzten Karteiblatt, keiner
mehr kommt und hakt noch mal nach … Die Abende
werden länger, und man hört in den Nachbargärten
die Stimmen, die unbeschwert klingen, angstfrei
trotz aller Sicherheitslücken. Man trifft sich und
grillt, Krise kein Thema, die Kinder simsen
um die Wette, und alle trinken ihr Bier
aus der Flasche. Du siehst, wie integriert es zugeht
unterm Zeltdach; vor Mitternacht geht auch das Baßgewummer
runter, der Glutrest verlischt von allein.
Der Nachtvogel
wartet, bis es so weit ist und keiner ihn zu sehen
bekommt. Gerüchte in der Umgebung, die von Eingriffen
sprechen, im Sog der Veränderungen, die längst
im Gange sind, unsichtbar, aber man weiß es. Man
weiß mehr, als man zugibt. Beteiligten sieht man nicht
an, daß sie beteiligt sind; dein Schleichweg ist bald
keiner mehr, wenn du weitersagst, wo er
langgeht
(Kennwort vergessen, Zugang gesperrt … »Und
mailen wollte ich ja, aber du mit deiner Manier,
keine Mails zu lesen …«)
– wenige Schritte, aber
es geht schon. Was ich nicht finde, ist nicht da,
statt dessen ein paar alte Fotos, wußte gar nicht,

daß sie im Wäschekorb liegen. Der Ausflug nach Torcello.
Inmitten seiner Dichter feiert der Verleger Geburtstag.
Parnaß im Palazzo; stumm gegenüber Jorge Semprún, konnte
ihm nicht sagen, was die Thüringer Gleichzeitigkeit
war …
        (Rauchwolken hinter Melchendorf, vorbeischlendernd
zwei Offiziere: »Die Amerikaner haben Buchenwald
bombardiert.«)
                    Die Regenrinne tickt; das Ticken
der Wiederholung. Der Regen weiß nichts
von der Singularität, anders hätte keine Kultur
eine Zukunft, das sagen auch die Küchenkräuter.
Nächste Schritte, es geht weiter, die knarrende Treppe,
die knisternden Dielen, Türen zwischen den Zimmern,
du siehst, was da und heilgeblieben ist, und
was dir gegeben, damit du es nimmst
zum Gebrauch, nicht wahr, zur rechten Zeit
der richtige Spruch, und du mußt den Kundendienst
nicht anrufen gehen –
                              Okay, sagen die jungen Leute
(April 45, die erste Ami-Vokabel), sagen es für
jeden Fall. *Es kommt auf die Situation an.* Griechenland
bringt alles durcheinander. Mir gehen die Gedanken
aus, fast insolvent, aber ich denke
von morgens bis abends. Erdbeerfelder, denke ich
an Rövershagen; plötzlich sind wir im Sommer,

und ich vergaß, mich zu verabschieden
vom letzten Schnee. Versäumtes steuert den Traum,
bis er abbricht, weil ihm auch nichts mehr einfällt, und
die Lage bleibt kompliziert. Brüssel, sagt die Zigarettenschachtel,
reguliert das Risiko zu erblinden. Der Balkan blockiert. Trabt
der Rittmeister ins Städtchen ein, an der Spitze
seiner Schwadron, fliegen ihm die Herzen zu. Als die Pferde
ausgingen, sattelten wir auf Blechesel um; mein erstes Fahrrad
kam in russische Gefangenschaft.
You know, it's history …
Nachholkurs mit Kopfsteinpflaster, Gänseanger, Schlagbaum;
kennst du alle die Landkartenzeichen? Eimerweise Kirschen
aus Alach; den Mädchen baumelte der Sommerschmuck
an den Ohren. Die Nachtjäger lagen in Bindersleben, die Panzer
in der Löberfeldkaserne. Die Straßenbahn der Sehnsucht,
Linie 1, ging bis Ilversgehofen. Postkarten aus Leuna,
der Klassensprecher der Unterprima am Zielfernrohr
der Vierlings-Flak. Rosi nach Jeßnitz und nicht mehr
zurück. *Motor und Sport* aus Pößneck, der Fortsetzungsroman:
»Borchers hat falschen Kurs«. Die Ackerwagen klirrten
zwischen Schiefergebirge und Harz; Hanna
und wie sie Disteln rupfte, Halme kaute –
Etc. Namen
aus dem Repertoire, in dem es wimmelt von Leuten, die namenlos
sind oder schlichtweg vergessen; der Fehlbestand nimmt zu,
futsch der halbe Lebenslauf

– was noch zu tun?
(Im Türrahmen lehnte die Sekretärin) Den Rest
zusammenhalten. Die Torwartmütze, Selbstgedrehte,
Langspielplatten, hat alles noch eine Zukunft;
der Ku-Damm bebt, zeitlos der Schuppen mit Spaten
und Sense. Zinsloses Sparbuch, aber du liegst
auf der Wiese; der Rücken tut heute nicht weh. Spät,
wenn es still wird, noch mal anfangen und
die Einzelteile, die Schnipsel und Sonderseiten sondieren;
es ging auch nicht alles, beim Einsturz des Archivs,
verloren, es kommt auf jede Büroklammer an –
Risse,
Rost, Verschleiß; es bröckelt in jedem Wahlkreis; man weiß
ja nie, wie sicher die Baustellen sind; kontrollieren Sie
regelmäßig die Stützen, Scharniere, Nieten und Nähte?
Testen wir die Haltbarkeit; tröpfelt der Keller,
keucht der Tresor; bahnt sich im Gedächtnis-Speicher
ein Sanierungsfall an? Schlußendlich die Millionenfrage,
wer was am Hut mit der Verantwortung hat … Leserbriefe
schäumen auf, Spatzen twittern von allen Dächern,
Gutachter grübeln; irgendwann läuft es hinaus aufs
Unentschieden zwischen Niemand und Nichts, am besten,
die Heinzelmännchen kommen wieder …
integrieren
wir uns; kommt doch zum Straßenfest, Mitbringsel
Nudelsalat, gute Laune. Regen dröppelt aufs Gartenzelt.

Der Nachbar am Grillautomat erzählt vom Ausreiseantrag
der Eltern, damals in Glauchau, und wie der Vater
die eintausend Westmark durch die Grenzkontrolle
schmuggelte: nie zu vergessende Ängste, bei allem
Abenteuerglück bis zum Leuchtgebilde Leverkusen. Sag
den Kindern, daß sie Kirschen klauen für später
das Erinnern an geklaute Kirschen. Im Nu vorbei
ein Dutzend Jahre, Eigentum und alles abbezahlt, da dauerten
ooch nich länger die tausendjährigen zwölf Jahre …
länger
als alle Eltern lebt, was sie nicht sagten, machten sie
einmal den Mund auf. Der Leitartikel holt alles
nach; die Quellen sprudeln nur so, wenn man
die Suchtaste antippt. Mangelt es an Erfahrung, wird sie
erfunden, oder es helfen ein paar Zitate; Bescheid wissen auch
die Sektionen für imaginäres Sprechen und Handeln. Nie waren
die Pflaumen so süß wie im Sommer der Invasion. Buben
füllten Sand in Jutesäcke, Mädel sammelten Holunder. Nächste
Seite, die Wirtin gibt einen Schirm mit, wenn's regnet;
der Kratzer an der Wagentür, ein Fall für zwei Kanzleien.
Das Land reaktiviert Pensionäre; die Ämter keuchen unter
den Asylanträgen, und das ist erst der Anfang –
der Nachbar
zieht einen Zaun um Sandkasten und Sitzgelegenheit, damit
der Dackel nicht rausläuft. Wenn es ein Ball ist, liegt ein
Ball am Rand des Maisfelds. Wer sagt schon Genaues. Zuständig

ist die Investmentgesellschaft; sie hat das Gelände ersteigert,
zehn Morgen Wiese für dreimal Heu im Jahr; der alte Pächter
hat den Kürzeren gezogen. Der Subunternehmer steuert den Traktor
der Gleichzeitigkeit: pflügen, eggen, säen; schon steht
drei Meter hoch das Planzenwerk; die Ernte sackt
der Investor ein
(kannst untertauchen, dich
verstecken, retten vor dem Tieffliegerangriff wie
Cary Grant in Hitchcocks *North by Northwest*).
Jetzt
raschelt es und wogt die grüne Dünung unter
einem Blau von Himmel, der nichts zu wissen scheint
von Zweifeln und Kompromissen, von Atemnot und
Klimakonferenz. Der Himmel der alten Bomberpiloten.
Der Bussard kreist in seiner Warteschleife; im Schatten
der Halme sichert das Reh, dann springt es weg
vor dem Kamera-Klick
– das Reh im Schatten
des Schilfrohrs, in deiner Fotofolge taucht es auf,
zufällig eher, denn das Motiv war der Bodden und
wie er schimmert im Wechsel des Lichts; das Geschiebe
der riesigen Wolken, das Flirren der Pappeln
im Wind. Die alten Maler hatten die Gegend
entdeckt, das Fischland, den Darß; sie ließen
Bilder zurück, in denen vorkommt, was nicht mehr
da ist, auch wenn es noch gibt den Landstreifen

zwischen Bodden und Meer. Unser Entdecken,
gleich nach der *Wende* (der Wachturm noch
am Strand), setzt sich fort, von Sommer
zu Sommer; Sommer der Wiederholung, der
deine Chronik weiterschreibt und morgens die Teetassen
hinstellt, die wir mitgebracht haben.
                                                            Du siehst, was
stehenbleibt im Zeitvergehen. Um was es morgen
abend geht, das weißt du, wenn es so weit ist
und das Taxi vor der Tür steht. Der Taxifahrer
kennt sich aus: die Zeitverluste im Stau, wochenlange
Streiks, Pannen bei den Nachrichtendiensten, was alles
noch … jedenfalls wird mir klar, was die Basis
alles so meint, und wie einem das Navi zeigt, wo es
langgeht durch die Entfremdung, im Unbehausten, inmitten
der Unübersichtlichkeit, oder wie sagt man
                                                                      – *kannst du*
mir folgen? Kannst warten, bis sich der Wind legt, dann
rappelt auch der Schlagladen nicht mehr, und den Schlüssel
kannst du hängen lassen, weil nichts drin im Briefkasten
ist. Was du siehst, ist immer schon da, und wenn nicht,
kannst du etwas erfinden, das wie ein Wassereimer
aussieht, wie Ginster am Bahndamm, wie Wochenend
und Sommerfrische –
                                    ein jeder Augenblick
hat seine Biographie, und die Sonntagszeitung

faltet groß die Woche auf. Ängste klettern hoch
im Kurs, trotzdem, es bringt schon ein bißchen,
das Unkraut von der Terrasse zu rupfen. Man erhofft
sich ja etwas vom Jenseits der Altersgrenze, auch
wenn ein halber Tag draufgeht für die fünf Minuten
zur Post. Unsichtbar, tief im Geäst, uhuut
der Uhu; nachts kommt der Surrealismus zurück;
man muß noch zum Bahnhof, es gibt keinen Bahnhof;
dies hier ist die Regentonne, und wirklich,
es regnet ja auch. Erzähle noch mal, wie
es anfing, den Anfang vergißt man doch
nie. Die Züge jedenfalls fuhren wieder, es fehlten
nur ein paar Fensterscheiben; die Gänge alle
so voll, daß der Schaffner nicht durchkam. Einer,
der mit dem einen Arm, spielte Mundharmonika.
                                                                                    Heute
ist Dienstag. Beim Frühstück fällt mir ein, daß es
ein Todestag ist. Übermorgen ein Geburtstag, dann
ein Gedenktag. Tag nach Tag Kalenderblatt
fürs Weißtdunoch und die Schweigeminute, rund
um die Uhr geht die Offensive weiter, nächstes Jahr
ist die Liste schon länger –
                                                Vorhänge zu,
die Sonne liegt auf dem Tisch, gnadenlose Offenbarung,
Kaffeeflecken, Aschereste, Staub auf der Akademiepost.
Das Durcheinander spiegelt die Bewußtseinslage, aber

sag's dem Interviewer nicht, wir arbeiten ja an Reformen
und mehr Transparenz; frische Hemden, Butterbrote
für den Weg durch alle Instanzen –

»Du glaubst, du lebst
incognito« (Charles Simic). Fragt ein Besucher
im abseits liegenden Gehöft, ob er hier richtig ist.
Sicher, oft ist gar keiner da. Das Selbstgespräch reicht
bis zum Rand des Maisfelds. Google weiß mehr, aber
nicht alles. Schon gar nicht, wo unterm Scheunendach
der Marder sitzt. Und wie es sich anhört, wenn
der Bleistift einen Gedankenstrich zieht –

nur weiß ich
jetzt auch nicht, was der Gedanke davor und danach ist.
Im Garten dicht die Bäume, in denen es flattert,
raschelt und summt; zu sehen gibt es nicht viel
und nichts von der Ideenwelt der Insekten. Rabenvögel
machen deutlich, wer sie sind, und sieht man sie
einfliegen, ausfliegen, kann man sich denken,
daß sie nichts ohne Grund tun.

Und Pfähle stehen
im Garten, für Zaundraht, Wäscheleine, Stütze und Halt.
Irgendwann morsch, haben sie eine Zeit, in der sie
Gewißheit stiften und das Motiv der altmodischen
Metapher: die Pfähle der Gewißheit. Aber so ist es,
wenn die Sicherheitslage nervös macht. Die Sonnenblume
kipppt nicht um. Tomaten finden ihren Halt. Die Wäsche

fliegt nicht fort. Das Reh kommt zum Salat nicht
durch. Pfähle klopft man ein; sie stehen
still und gerade; semantisch ist die Sache
klar.

Oder auch nicht. Was sagst du denn angesichts
der Zaunanlagen von Calais; und erst das Foto
mit den aufgespießten Köpfen … nun gut, beginnen
kann die Debatte übers Holz und das Erz, und was
wir daraus machen an Werkzeug, Instrumenten, Waffen,
und was noch sauber bleibt, unschuldig, neutral, und
was wir an Begleitmusik dazu spielen … oh Reinheit
des Klangs, *autonom* das Material, aus dem man
Kampflieder, Haßgesänge macht

– kein Ende
in Sicht, keine Versöhnung, die Kolonnen des Wahns
hält kein Außenminister auf; im eigenen Kopf geht's
doppelstrategisch zu: der eine stellt die Kerzen
ins Fenster, der andere schießt zurück –

Gin Tonic abends,
man blättert die Neuerscheinungen durch. Einiges schon
im Ramsch, aber frisch noch wie aufgewärmte Brötchen.
Nachrichten, und wer als nächster von uns geht,
unvergessen, vergessen zu Lebzeiten schon … sag
ein paar Namen, und du wunderst dich, daß keiner
aufschaut und nickt. Drei, vier Jahrzehnte, nun ja,
aber wo ist der Spitzenreiter von vor fünf Jahren,

das vielversprechende Debüt … die Talkshow-Redaktion
winkt ab, Drängelei im Mittelfeld; Erwähnung,
Remittenden, Heimatkalender. Die Rente günstig für
private Krankenkasse, Kleinwagen, drei Zimmer mit Balkon
im Reihenhaus; die Kundenliste kennt den Kunden
auch noch –

na bitte. Ein paar kalte Nächte, aber
die Vogelbeeren leuchten und leuchten. Der Kartengruß
aus Wilhelmshorst kommt mit Spätsommer und
der Hoffnung, *daß es schon werden wird*; man weiß ja,
was an Wartezeit man hinter sich hat, wie
Ungewisses zur Gewohnheit wird.

Licht an; es dämmert, aber
noch lange kein Abend. Sägegeräusch, irgendwo
hinter den Häusern, die sich reihenweise vermehren.
Bewohner sind kurz zu sehen; sie fahren vor
und steigen aus, oder sie steigen ein und fahren
davon. Die Nachbarin sagt, ich kenne hier bald
keinen mehr, und wen ich noch kenne, der tritt ab,
einer nach dem anderen

(Wenn du noch kannst,
wir wechseln die Gegend … Uckermark, Oderbruch, wo's
leer wird in den alten Dörfern. Aber du kannst
nicht, oder du willst nicht … die Geschichte fängt nicht
mehr an, weiter geht's vor der Haustür).

Mülltonnentage,

Abhol- und Entleerungstermine. Im Restmüll, graue Tonne,
Zigarettenkippen, Bleistiftreste, Durchschlagpapier.
Graue Tonne, grüner Deckel, das sind
die Schulhefte und Comics, Notizblöcke und Manuskripte,
Zeitungen und Briefumschläge ohne Fenster. Die Biotonne,
grau mit braunem Deckel, für Haare, Federn, Eierschalen.
Der gelbe Sack für löffelreine Joghurtbecher, kein
Kinderspielzeug, Kunststoffgeschirr. Sperrmüll. Schadstoff.
Elektronikschrott. Liebe Mitbürgerinnen und Mitbürger,
Ihr Abfallkalender –

man sieht, kein Chaos
hat eine Chance im System, das die Sinne schärft
für Unterschiede und Genauigkeiten. Wir geben uns
alle Mühe und kämpfen gegen Schlendrian, die Ausbreitung
der Gleichgültigkeit. Kein Schwelbrand, kein Gestocher
mehr in den Abraumhalden, über denen schwarze, weiße
Rabenvögel kreisen; Niedriglohn und Schutzanzug
fürs Saubermachen und Sortieren.

Gestern
zum Friedhof. Gräser gerupft, Zweige geschnitten,
Grünzeug wuchert über den Grabstein. Plötzlich
stand mein Sohn neben mir. Der Augenblick
holte Jahrzehnte zurück. Wir setzten uns auf die Bank
und besprachen, wie dies und das gekommen war. Dann
sahen wir nach den anderen Gräbern, die
zu unsrer Geschichte gehören. Nicht alles, dachte ich,

kann er wissen; er wußte alles.
                                                Rückweg
durch ein Jahrhundert. Man kommt ganz schön weit, wenn
man nach Altlasten suchen geht. Den Handwagen
über die leere Autobahn ziehn, kannste vergessen. Agenten
schnuppern nach Trends; von Apfelsorten haben sie
keine Ahnung und wann das Ende nahte der Fabrikation
von Hautleim. Wieso auch? Schrott die Dampfmaschine.
Kartoffelfeuer belasten die Umwelt –
                                                        du siehst, kein
Durchkommen mit alten Parolen, die jeder auswendig kannte,
egal, aus welcher Landesecke er kam. Einfädeln,
ausscheren, angepaßtes Verhalten, und man hält
den Termin, der über die Lebenserwartung entscheidet. Stört
nur der Streik, der annullierte Flug, und du suchst
dir ein Feldbett und wartest, bis die Regel stimmt für
den Vorruhestand
                                    – *Uhrenvergleich*; so vieles tickt
inzwischen anders, daß du nicht weißt, ob
du das richtige Trikot anhast. Jahrgänge wechseln sich ab
im Minutentakt; ein Klick zwischen Debüt
und Finale, und nur, weil die Herbstäpfel so langsam
reifen, kannst du auf der Wiese draußen das Zögern
der Veränderungen sehen.
                                              Zwischendurch
Geländefahrten durch mythologisches Inselgestein; fällig

wäre ein Reisebericht, aber die alte Grammatik
taugt nicht für Recherchen, und die Brandung zwischen
den Felsen erzählt nichts von blockierten Bankguthaben.
Böen werfen die Terrassenmöbel um; Werk der Natur
sind alle die Dorfruinen, die auf die alten Bewohner,
den Besuch aus Sydney und Toronto warten. Weit geht
der Blick übers kahle Geröll, das Geschlängel der Serpentinen
hinab in die Buchten, die menschenleer sind; totale Stille,
sobald der Zündschlüssel im Off steht.
                                                            Notizen, Fotos
für später. »Die Insel wird einmal am Tag
von einer Havilland angeflogen, zweimotorige Propellermaschine,
die aussieht wie das Modernste an Flugzeugtechnik, spät
in den fünfziger Jahren.« Olympic, Aegean, ob oder wann, ewig
dieser Wind, nie weiß man Genaues, but it works, sagt
die Stewardess, Aphrodite-Profil, und wir fragen
nicht mehr, angeschnallt und erleichtert.
                                                            Kalt die Nacht
in Peri's Hotel, zehn Minuten hinter der Landebahn, und
all rooms are empty; leere Tische in der Taverne, wo
wunderbar, unerwartet, ein Kaminfeuer brennt. Stolpernd
durchs Dunkel, kaputte Gegend, die in keinen
der klassischen Bilderrahmen paßt. Xenophon bis
Untersekunda, da hatte das Ostzonen-Russisch
das Altertum schon vom Sockel geholt, und nichts hat
gehalten das humanistische Credo, das alle Gemetzel

verklärte. Futsch sind die Vokabeln und hohen Töne;
leer läuft der Vergleich zwischen alter und neuer
Schrift. Was du wissen willst … die Speisekarte
spricht englisch; nur bleiben die Traveller aus, und
auf Schlauchboote wartet hier keiner.
Unsicher, ob
man willkommen ist. Wir sind es. Panayotis wartet an
seinem Desk im Arrival, hat alles arrangiert für draußen,
wo unser weißer Suzuki steht. Der Kurs hinab nach
Kapsali wiederholt all die Plötzlichkeiten, die
hinter jeder Haarnadelkurve auf dich nur so warten;
der Wechsel zwischen nah und fern, Höhenrausch und
Tiefenschwindel, das unversehens Vertraute. Ortsnamen
kommen zurück wie beim Wiederfinden vergessener Adressen;
im Hafennest vor der Haustür breitet Dimitra die Arme aus;
die Küche für uns extra im plastikneuen Ambiente.
Verwildert
Garten und Hof, brauchbar aber und nützlich
das Gerümpel im Schuppen, sieht ganz so aus wie
zu Hause, und auch der rostige Grill steht Ende Oktober
noch draußen. Es regnet, es donnert, und wir wissen:
Zeus ist zornig, wenn er schleudert seine Blitze herab
vom Gebirg. Die Brandung schlägt die Kaimauer hoch
und gischtet über den Jimney weg, der ist dann plötzlich
verschwunden, Panik, bis Panayotis kommt
und grinst und um drei Häuserecken zeigt, wo er

security has given for the car; abends im Mondlicht
liegt die Bucht wieder still und glitzert –
der Ouzo
schon alle; auf der Tischkante liegt, was wir mitgebracht
haben, ein paar Steine, Muscheln und das Foto
von der Landung der Briten, September 44. Der Strand
voller Kisten, Munition und Konserven, Benzinfässer, Jeeps.
Soldiers, ziviles Gewimmel, zwei schlanke Torpedos … unscharf,
verblasste Fotografie, die ich fotografierte vorm Abflug, und
niemand am Schalter, der noch was wußte.
Im nachhinein
werden alle die Ungenauigkeiten nicht schärfer, und kein
langer Atem hält das Verschwinden so vieler Überbleibsel auf.
Früh taucht die Sonne weg. Die Mittelwelle rauscht; die Sender
schalten einer nach dem anderen ab. Bis die nächste Seite
erreicht ist, sehen wir das Taumeln der Blätter
und wie sie aus der Geschichte fallen –
Spurengewirr
im Skizzenbuch des vermißt gemeldeten Malers.
Das Schreien der Kraniche, bevor man den Kettenflug
übers Haus ziehen sieht.
Das Zitat und die Suche nach dem Wortlaut
in der Tiefe des Containers.
Dieser Geruch … woran erinnert er mich?
Der Traum vom Traum, der keiner mehr ist.
Mein Name, aber ich bin es nicht.

Der Rückweg, den man sucht; man weiß,
es gibt ihn nicht.
Der Sandweg, die Kiefern, die Waldkonditorei.
Die Frage, ob hier der Besitzer tot ist.
Das Umhergehen in den Straßen des Kriegs vor dem Krieg.
Der Foxtrott aus dem Lautsprecher.
Das schwarze Gespenst auf der Litfaßsäule.
Unterm Weihnachtsbaum die schwarze Winteruniform.
Das verstummende Gespräch der Eltern, wenn der Junge
ins Zimmer kam.
Der blaue Montag mit Kurt Feltz und Werner Höfer.
Pony-Fransen, Nicki-Pullover.
Der Bunker, wo das Frühbeet war; das Frühbeet, wo
der Bunker war.
Die Namen der Seen von West-Berlin.
Das Wiedersehen mit einer Landschaft, die ich
noch gar nicht gesehen habe.
Laubsägearbeiten im Winter.
Das Haus mit den zwei Türen.
Den Brief mußt du lesen, aber ich
muß ihn erst schreiben.
Schicksal mit Bahnsteigkarte.
Die Fotos zeigen, was ich vergessen habe.
Häuserfront mit einem Fenster, aus dem geschossen wird.
Die Familie liegt tot auf Sessel und Sofa.
Die Art, hinter der vorgehaltenen Hand die Zigarette anzuzünden.

Das Zimmer, in dem man die Vorhänge zuzieht, bevor
man das Licht anmacht.
Die Landschaft im Ausschnitt des Fensters.
                                                            Und wo die Wälder
den Himmel berühren, schließt sich der Raum,
der belebt wird vom Durchzug der Gegenwart, vorläufig,
bis zum Ende der Tage, die noch erreichbar
erscheinen. Mühselig, mühelos … warten wir ab, mit
Vergleichen beschäftigt, denn einmal kommt der Winter
zu früh, dann bleibt er aus, und wir gehen
im Januar die Wiese mähen –
                                             Feuerpause; man muß sich
ja mal rasieren, Schuhe putzen, Unterhosen; danach geht es
weiter. Ich sage, wir können sitzen bleiben im Haus.
Draußen ist es ganz ruhig. Eben. Spähtrupps tasten sich
leise vor. Fragen die Kindeskinder, wie ich das
meine, winke ich ab. Mein Vater hielt mir die Augen
zu, wenn's im Märchenfilm gruselig zuging.
                                                            Kein Wunder
geschehn. Der Leitartikel sagt, worauf es ankommt: auf
uns, die ganz *normalen Menschen.* Luft fehlt
im linken Vorderreifen; die Tankstelle erklärt
das Problem mit der Korrosion der Felgen; der Tankwart
rät, die Werkstatt aufzusuchen. Die Werkstatt wiegelt ab.
Im Vordergrund die Abgaswerte. Sparauflagen
machen das Programm kaputt, aber keiner soll es
merken.

Und wer, der noch zurechtkommt
mit den alten Bändern, auflegt, abhört, stoppt
und schneidet … Abgeschoben ins Archiv, und fragst
du mal nach, dann sind ein paar Regalmeter
gelöscht … *Geschichts-Vergessenheit*, so liest es sich
im Lokalteil, wo einer sich aufregt über den Abriß
von altem Fachwerk, das einmal die Stammkneipe war,
damals zur Schönen Aussicht –
im Winterlicht
die Graphik der Zweige; Durchblick, wo was war
und nichts mehr ist, wo was hinkommt nach
der nächsten Planungsphase … Man kann die Schafe
ziehen sehen, Durchzügler, fremd mit ihrem sonderbar
weißen Fell. Es gibt ja noch viel Land
zwischen den Ballungsräumen, die beschildert sind
mit alten Städtenamen, und Feldwege gibt es,
die hören mitten im Feld auf –
kannst weitergehen,
irgendwo fängt der Weg wieder an. Findest du
etwas, neu ist es nicht; es liegt lange unbesehen da.
Tagsüber zeigt sich der Marder nicht; nachts
kann man Gerappel im Dachboden hören. Unsichtbare
Existenz, und wie sie sich mitteilt … Die Nachbarin
zeigt zur Dachrinne hoch: da sitzt er, wenn ich
zurück bin vom Zeitungsaustragen, wenn's dämmert.

Ich frage, kannst du ihn sehen? Ja, sagt sie, aber
nur, wenn er mich nicht sehen kann.
Kältefronten
stoßen vor; ungemütlich wird's in den Zelten. Wir
zählten jedes Brikett; sieben pro Tag; vereist
im Hinterzimmer die Glastür, die wir mit Decken
verhängten; Minusgrade in den Räumen, die wir
im März erst wieder betraten. *Abhärten*, die Winterparole
beim Schlittschuhlaufen, kalten Duschen, Wacheschieben …
was uns
hart gemacht hat … Im Fenster nach Osten
das Morgenrot; es hat einen frühen Tod versprochen,
das ist lange her. Die letzten Offiziere sterben, wenn
sie hoch in den Neunzigern sind; wer durchkommen will,
hat nicht das Zeug zum Attentäter. Den Sommer
einmal zu erleben, die Schneeglöckchen versuchen es
gar nicht; die Reihenfolge liegt fest, und an den Grenzen
der Toleranz geht es gnadenlos zu –
Moos breitet sich aus,
vor allem in der Schattenzone; zigtausend Halme liegen
erstickt, Ausnahmen im Einzelfall. Fallobst
wartet auf Sammler, hagere Leute, die es verbieten,
das Obst von den Zweigen zu pflücken; sie kommen auch
nicht in Lederschuhen und trinken keine Milch; im Ernstfall
Blasrohr oder Pfeil und Bogen.
Die Pappeln raschelten

die ganze Nacht. Wellblechdächer; Ausgebombte, Ausgewiesene
bis in die fünfziger Jahre, als sich noch Trümmerpfade
schlängelten zwischen den Kellereingängen; Weidenröschen,
Kinder auf Krücken. Die ganze Nacht Rangiergeräusche
hinter den Gärten; um fünf in der Frühe die Plomben
der Waggons geknackt; Tomaten aus Bulgarien; das Rauschen
der Züge nach Westen, wo das Meer hinter den Bahnhöfen
wartet. Vierzig Seiten aus dem Exil, die Aufzeichnung
eines Verschwindens, das vorläufig war bis zum
geheimgehaltenen Zurück –

Kein Zurück, wenn
nix und niemand mehr da ist. Einige Skizzen
zur Lagebeschreibung; es kann eine Gegend am Stadtrand
sein, eine Haltestelle der Kleinbahn, ein Hinterhof
mit Hausgemeinschaft, eine Scheune im Schatten
des Birnbaums, ein leergeräumtes Zimmer, darin der Rauchtisch
stand, der Sessel aus der Kreisleitung … laufendes Geschehen
geht serienweise auf und unter; nur was im Hintergrund
mitspielt, muß jeder für sich alleine wissen;
die Zeitgeschichte ist nicht zuständig für Kinderspielzeug,
das plötzlich aus dem Fenster fliegt –

Herkunft, Kontext,
das Rätselnetz der Motive, und was ich dir kenntlich
machen kann … denkbar, die Kanzlerin im Selbstgespräch:
ich komme von hinter Todesstreifen und Mauer,
und weil ich weiß, wie unsere Leute mit Fluchtversuchen

umgegangen sind, kann ich nicht zusehn, daß jetzt
mein Land die Grenze wieder zumacht –

Taschenlampen
flackern auf; wie fühlst du dich im U-Bahn-Schacht?
Schnuppert ein Hund nach deinem Handy? Meinst du,
unser Gästezimmer wird registriert? Flötenspiel
in der Fußgängerzone. Heimat wirbt um Heimatlose.
Ums Innenleben wird ein Zaun gerollt. Zweifle
nicht an deiner Zweitwohnung; sei asozial, wenn du
dein Auto abschließt.

Rollenprosa, sagten wir früher,
wenn einer den Teppichverkäufer spielte. Früher hatten wir
Hühner. Und der Daumen ging runter, wo es
aussah, als scherte sich einer nicht um die Regeln.
Gesinnungshalber war man per du, und man traf sich
im Café Laumer. Mädchen gab es, die brachten
ihr Strickzeug mit ins Seminar. Grußworte
aus der Toskana. Wegen des Interviews in der Welt
maßregelte mich die Frankfurter Rundschau. Turnschuhe
im Staatsdienst; na klar, da haben wir auch
zugelangt –

Himmel bedeckt; man sieht nicht
die Maschinen, die man hört. Das Unsichtbare
macht immer mit; unsichtbar ist fast alles.
Jedes Bild versucht es zu widerlegen, auch wenn wir
wissen, daß wir uns täuschen. Nicht jeder

weiß es; das kommt davon, vom Nichtlesen
des Kleingedruckten, und der Pressesprecher sagt
noch lange nicht alles.
Gezeter am Zaun;
die Vogelwelt alarmiert. Die Wölfe noch jenseits
der Oder, nein, es ist die Elbe. Der Kahle Asten
wartet auf Schnee, sonst kannst du die Saison vergessen.
Warum der Winter hier wiederum zögert … es geht
ums Globale, sagt die Klimakonferenz; der Gastwirt
sagt es seinen Gästen weiter, drei Einheimische
abends am Tresen.
Am Wochenende
wird es still, wenn man den richtigen Ort dafür hat.
Behalt' ihn für dich, sonst kommt sofort alles nach.
Kommunizieren kannst du, gleich nach dem Frühstück,
im Selbstgespräch. Kannst du nicht? Nun ja, du
bei deinen Kontakten. Zu lange geht Abwesenheit auch nicht,
sonst bist du in der Insiderrunde rasch deinen Stuhl los.
Offen
die Scheune, damit du den Wagen gleich ins Trockene
steuern kannst. Wechselnde Ansprechpartner … so hört es
sich an; gibt es ein Personenverzeichnis, das die Art
der Beziehungen offenlegt, oder steht der Datenschutz
dazwischen … Stimmen im Kopf; sie sprechen kurz mit
und verschwinden gleich wieder; manchmal mischen sich dazu
Gesichter, die man noch kennt vom Durchblättern

der alten Jahrgänge; Augenblicke mit einer Geschichte, die
für den Rückblick ein paar Ewigkeiten braucht.
Auspacken, was
du mitgebracht hast. Pasta, Salami, italienische Woche
bei Lidl. Die Werkstatt kriegt das Schiebedach
nicht dicht; versuch's doch mal mit Klebestreifen.
Die ersten Trauerfälle im Jahr; man wundert sich, wie gut
man die Treppe noch hochkommt. Wieso denn alles schneller
als der große und der kleine Zeiger … man weiß auch nicht,
ob es zu viele Wahrnehmungen sind. Es sind nicht
zu viele. Den Fensterblick begrenzt der Ausschnitt, in dem sich
heute die Baumgruppe von gestern zeigt. Es regnet heute,
es regnete gestern. Dazwischen Windstärke 10, zerrissener Himmel,
die Maisstoppeln glitzern unter den Breitseiten
der untergehenden Sonne. Dann heult die Sirene. Dann
reitet Nachtgewölk heran. Der Wald ist schwarz. Der Mond
ist weiß. So viel, damit du draußen nicht stolperst.
So wenig,
sonst geht die Übersicht verloren. Der Stromableser
stand vergeblich vorm Haus; erreichbar unter seiner Nummer
ist er nicht.
Messerschmitt und Heinkel. Laufgräben
am Waldesrand. Ortsbezüge, vor dem Bau
der Autobahn. Fingerzeig der Antifa; rechter Hand
das Haus des Ortsgruppenleiters.
Ortsgezeiten; die Hausnummern

sind geblieben. *Täglich wächst der Widerstand*, kein Risiko
bei Kaffee und Kuchen. Turnhemden völlig neutral, Persil
wäscht jeden Verdacht ab, und was die Zugehörigkeiten
betrifft, das ging um mehr als drei Ecken herum, *verstehen Sie*
doch, alles ganz indirekt und nicht wirklich.
Im Lexikon
Beteiligte, ein paar davon; Zahlmeister, Hausmeister
kommen nicht vor. Vereinstätigkeiten im Rasensport,
lokale Duelle, SG Mitte gegen SG West (SBZ schafft alle
alten Clubnamen ab); Feldhandball bei Schnee und
im Regen, Hallenhandball auf Beton im Rohbau der Gau-Halle
für nach'm Endsieg –
Randnotizen, spät entziffert;
weißt du denn, daß schon in Großdeutschland
die Postleitzahl in jedes Dorf kam … Die Schrift
sagt nicht, was sich der Schriftführer gedacht hat. Federhalter
deutlich und scharf, Verwischtes mit Bleistift, Durchge-ixtes
auf der Reiseschreibmaschine.
Trifft auf Sie zu, was
die Wissenschaft *Autofiktion* nennt? Anderer Name,
das andere Ich. Morgens der Blick in den Spiegel: ins Gesicht
der Parallelgesellschaft. Man trifft sich
bei derselben Zigarettenmarke.
Hustend weiter. Der Arzt
rät, heiße Dusche auf die Brust. Kaffeeflecken
auf der abgetippten Seite; wer kommt denn noch

mit Manuskripten in die Redaktion …
                                                          Rotlicht, Sendung
läuft; das Mikro der Magnet, der dir die Sätze
aus dem Mund zieht. Kein Blick auf den Zettel,
sonst kommst du ins Stolpern; dazwischen O-Töne
vom Band, kannst eine rauchen, hinter der Scheibe
hebt Karlheinz den Daumen –
                                                The radio years.
Tommy Dorsey mit Berliner Gruß. Die Mutter hörte
Wunschkonzert, der Vater heimlich BBC. Im Keller
tuckte der Drahtfunk. Der Flug der Sehnsucht
folgte den Ortsangaben der Skala; im Nachtrausch
leuchtete das Ferne und das Fremde auf; verschwunden
jede Grenze unterm Strom der Stimmen. Theorie
und Propaganda; das 3. Programm; die Funkstille
am 8. Mai; das Medium der Imagination … die Mutter
tanzte, der Vater drehte aus; die Vorortbahn
zum Kinderfunk mit Kissenschlacht und Rudi Rauher
in der Dagobertstraße.
                                      Nächste Ecke, Eigelstein,
die Machabäerstraße. Du kennst das Eckhaus
mit der eingemauerten Madonna. Der Abschied von
der Amsel nachmittags um fünf. *Wie weiter* … keine
Sorge, ich zitiere nur
                                    (wer aber kam
und kommt nicht mehr: Hannes Jähn, Herbert Chell,

Gene 'nd Reinhard Lettau, Heißenbüttel, Helms, Vostell,
Jochen Greven und Jo Kirchner)
(nur damit du
einige der Namen kennst, wenn *fehlende Erinnerung* dich
fragt, was du von unsren Umgebungen weißt)
– Privatsache
und Stadtgespräch; der Kunstverein in Leverkusen stellt
ein paar Zusammenhänge aus. Und was du noch findest
im Nachlaß, es ist keine Täuschung, und es stimmt ja auch,
wenn du sagst: *Die Bilder waren schon immer da.*
Ansonsten
Durchfahrt nur für Anlieger. Die Hecke vor der Haustür,
die Reichweite der inneren Angelegenheiten. Parken kann hier
jeder, auch wenn er fremd und es besser ist, daß er
bald wieder wegfährt.
Gegend in der Nähe. Man lebt
ein bißchen auf Distanz; was vorfällt, geht nur
die Versicherung was an. Kontakte, Teilnahme, Berufliches
läuft über den Autobahnanschluß; Spazierwege
lenken gleich in die Wälder. Was sucht man denn noch,
es fehlt ja an nix. Die Gegend ist überall, wo man
zur Nachrichtenzeit erfahren will, wo das Azorenhoch
bleibt.
Die ungewissen Wetterlagen ist man leid.
Als wir uns an die ersten Umleitungen gewöhnt hatten
und dachten, so ist das nun mal, folgten schon

die nächsten. Nach und nach, sie sind nicht wiedergekommen,
die Milchflaschen vor der Haustür, die Staubsaugervertreter,
die Fortsetzungs-Romane. Der Mann auf dem Traktor
hebt beide Arme, wie um zu sagen, tut mir leid,
daß die Straße so eng und Überholen hier
kein Thema ist.

                                        Jeder weiß, wo er hinfahren will; so
sieht es aus. Einer in der Familie, der
aus der Enge ausbrach, wollte nur weg; sein Name
nicht mehr genannt. Muß ich nach dem Aufstehn
schon an das Nachtmahl denken? Die Regel
ist dagegen, den Flug der Schwalbe nachzuahmen,
so elegant er aussehen mag. *Wortwiederholung*,
der Deutschlehrer strich gnadenlos an mit einem roten
großen *W* –

                                    warum man dieselben Fehler so oft
noch einmal macht … es wäre zu leicht zu sagen,
es sind keine Fehler, es gibt so etwas wie
ein inneres Diktat. Na wenn schon. Der Fahrdienstleiter
kommt damit nicht durch: der falsche Knopf, zwei Züge
fahren aufeinander zu …

                                                        anders erzählt, im Nebel
im Oktober, eine Geschichte für sich und warum
sie mir einfiel; Einfälle melden sich vorher nicht an,
das Geschehen weit weg und so nahegeblieben, daß
zu riechen der Rauch überm Bahngelände. Sachverhalt

klar, die Umstände bleiben unklar; Herbstschleier
legen sich auf die Spur; falls einer mehr weiß, gesagt
hat er nichts. Gesagt wurde viel, im nachhinein,
so geht es, wenn alles vorbei ist, und nichts ist
vorbei, mutmaßen kann man noch lange.
Dann
brach auch dieser Kontakt ab, einer der letzten,
auf die es mir ankam. Wieder habe ich was
falsch gemacht, wie immer, wenn es gut gemeint
war, wirklich, müßt ihr mir glauben. Der Blick hinaus
auf den See, Trauerweiden verhängten das Ufer; man
stand herum und wußte nicht recht, was man beisteuern
soll; einer sagte, in meiner Kindheit sahen wir auch
nichts, »Trauerweiden verhängten das Ufer«.
Etwas bleibt
immer hängen. Man dreht sich um, obschon man weiß,
keiner kommt nach. Schubladen, Fächer, die man zögert
aufzumachen. Telefon und man hört nur, daß
da jemand atmet.
Erzähl mir von den Tagen danach.
Danach alles ruhig, wir hatten Zeit, im Vorgarten das Laub
zu sammeln. Stimmte, was man erzählt hat? Wer
erzählt hat, war nicht dabei. Wer dabei war, hat
nichts mehr sagen können.
Nebengeräusche, das Interview
stockt; im Publikum steht einer nach dem anderen auf.

Lokalgeschehen, aber in der Beschreibung kennt sich die Umgebung
wieder, die ein paar Motive hergegeben hat. Nun will man
alles genauer wissen, nur wie es genau war, das ändert sich
mit jedem Perspektivenwechsel; Zugezogene tun alles wie
zum Beweis, daß sie dazugehören –

inzwischen dreht sich
wieder die Stimmung, so äußert sich jedenfalls
das Polit-Barometer. Aber dann wird der Bus
am Weiterfahren gehindert, und du siehst, was du
an Landsleuten hast

– die Straße frei, Volk
sind wir, unser bleibt unser Dorf –

damals
nach eurer Flucht … wir sind nicht geflohen, man hat
uns verjagt, und das durften wir so nicht sagen, wir
waren ja nur *umgesiedelt* … Vergleiche vom Tisch,
die Lage ist, wie immer eine Lage ist, nämlich neu, und
was daraus wird, fragen Sie in zehn Jahren nochmal

– was
daraus wurde, das Scheitern dieser und jener Versuche; weiß
eben nicht, wie und wohin der Kurs verlaufen wäre. Scheitern …
klingt nach Halbfinale und verschossenem Elfmeter; dann sag es
anders, besser, zieh dir ein frisches Hemd an –

das Schiebedach
ist jetzt dicht; mit Klebestreifen geht es auch. Nun
steig zur Dachrinne hoch; sie ist aber nur verstopft,

Herbstlaub aus drei Jahren. Vergangenheit
hält sich; das alte Fachwerk macht es vor, wie
man durch die Zeiten kommt; Türklinke und Eisenpfanne,
Drehschalter und Ofenrohre setzen unsre Kinderjahre
fort. Draußen siehst du, umgestürzt der Apfelbaum; im Liegen
macht er weiter.
                                    Was muß ich
noch tun? Verschobenes, Versäumtes, den halben Keller
hast du ja schon leergeräumt. Gestern sollte es schneien.
Heute schneit es auch nicht. Im Rückspiegel siehst du,
was alles zu entdecken war; die Neuigkeiten liegen
hinter dir. Eingemachtes im Regal; verblichene Daten,
die nicht sagen, wie lange es denn hält. Anbieten geht
sicher nicht mehr; wenn sonst nichts im Haus, können wir
ja mal probieren –
                                        (einmal erzählt
von den Suchtanfällen des Vaters, im Keller nachts
ein Weckglas aufgemacht, hastig, dann langsam, verschlungen
die Birnen, unendliche Lust, eine nach der
anderen)
                    Spaziergeh-Sonne, Rheinpromenade;
Schnee wirbelt zwischen den Bergischen Hügeln. Das Wetter
schiebt sich von Westen heran, und so rollt das Gewölk
ins Sauerland ab, dehnt und dehnt das Himmelblau
die Ebene aus für eine Sonne, die tief hinterm
Siebengebirge steht

– erst dein, dann mein Bericht
am Telefon, und wie der Vormittag vorbeigeht an
unseren Adressen … das eine Dach wärmt sich
ein bißchen auf, aufs andre trommeln die Graupelschauer.
Sandalen oder Winterstiefel, du siehst, wie es geht
mit der *Gleichzeitigkeit*, in der wir zwischen
da und dort leben

(die *Zeitfrage*
im Seminar; die Frage nach Erlebnis-Weisen
und wie man dem Finanzamt klarmacht, daß
die Hotelrechnung in einer Gedichtzeile vorkommt,
an der man noch sitzt fürs Frühjahrs-Programm.
Ansonsten kein Rezept; man fängt von vorn an, auch
wenn man alles schon hinter sich hat).

Bilder siehst du
in einem Bild, das man nicht noch einmal malen kann. Gegenstände
von früher, die man nicht mehr gebraucht, und wie sie
heißen, danach mußt du in deinem alten Brockhaus
suchen. Kampfspuren durchziehen die Landschaft,
verdeckt unter Schichten von Farbe, aber du weißt
noch, wie es dazu kam

– am Küchentisch; tief
die Lampe herabziehn, damit die Gesichter im Schatten
sind. Es sind Erinnerungen an Gesichter. Abends
tauchen sie auf, wenn die Stille gespenstert im Haus,
beim Löffeln der Linsensuppe; geht der Fernseher an,

tauchen sie weg –

Möbelstücke, die älter sind
als wir, die wir uns auf die Stuhllehne stützen. Einmal
saß der Möbelhändler auf dem Sofa; er meinte, das Sofa
darf nicht länger als zehn Jahre halten, sonst mach ich dicht
meinen Laden. Die Eckbank hat der Großvater geschreinert;
die Truhe stand im Stall fürs Hühnerfutter; das Jagdgewehr
versteckt im Kleiderschrank. Das Holz bleibt stumm,
soviel es mitbekommen hat und mitteilen kann
für den Roman, der nur von Möbelstücken handelt, von
Wäldern, Sägemühlen, Kuckucksrufen, Industrie, Transporten,
brennenden Baracken …

derselbe Satz
von vor drei Jahren, der Satz ist nicht mehr derselbe.
Was sich verändert hat, sieht noch genauso aus.
Wir streichen sie weiß, die weißgestrichene Wand.
Die Schneeglöckchen kommen wieder, wenn nicht, stimmt
mit der Wiese etwas nicht. Kälte draußen, das Zimmer
ist warm; damit es so bleibt, heizen und heizen
wir weiter. Ich schlafe schlecht, aber ich schlafe.
Die Tür ist zugefallen, oben steht das Fenster offen;
das ist der Grund, warum ich die Leiter aus dem Schuppen
hole.

Ostwind fegt die Sonne blank, und
Grenzzäune durchziehen den Balkan. Fertighäuschen stellt
die Gemeinde im Pfarrhof auf; die Dorfmitte macht

dem Abendland vor, wie man es schafft. Einst hatte es
das Dorf geschafft, ein paar Hexen loszuwerden; der Brunnen
im Schatten des Kirchturms erzählt, daß wir mit
Scheiterhaufen dafür sorgten –

ausstreichen, was gefährlich,
weil es schlecht geschrieben ist, sagt William Carlos Williams.
»Ein Zufallswort, auf dem Papier, kann die Welt
vernichten.«

Schreibste noch, fragt die Nachbarin,
als sie Äpfel holen kommt. »Es gibt nur
eine Antwort: schreib unbesonnen – wenn du das
tust, wird nichts überleben, das nicht grünt.«

Nun denn, jedoch,
du mußt dein Medium ändern; entscheide dich
für ein soziales Portal … ohne Faber-Castell in der Hand
fällt mir aber nichts ein. Draußen bellt der Hund
schon wieder. Morgens heiße Milch mit Honig. Zu spät
kommt die Entstörung, alle Drähtchen sind verglimmt.
Wie du dasitzt, krumm der Rücken, siehst du bald
so wie das Fragezeichen aus, das selten nur vorkommt
und doch zwischen allen Sätzen geistert. Wie war
die Frage? Ich weiß nicht, was ich morgen
wissen soll; ich komme heute schon nicht weit, falls
du einen Bescheid willst. Die Baustellen im Kopf
verteilt. Man schiebt das Durcheinander vor sich her.
Premieren in weiter Ferne; der neue Schlips, bis zur Sanierung

ist er schon aus der Mode; das neue Ingenieurbüro, es wimmelt
von falschen Daten.
                                        Staged Confusion.
                                                                Bonn. Ausstellung
im Landesmuseum. Szenerie der Unordnung, und wie sie
der Zufall herstellt, die Chefetage, die Drogenmafia,
der tägliche Mensch. Aleppo, die belgische Küste,
der Teltow-Kanal; man sieht, was der Zusammenhang
ist von Regelwerk und Chaos, wo die Kampflinie
läuft zwischen Schrecken und Schönheit. Draußen
Straßensperre, Sackgasse und keine Ausfahrt; wir fahren
in den Gegenverkehr der Einbahnstraße; einer versucht es
über den Bürgersteig, bleibt hängen zwischen Eisengitter
und Platane.
                        Dann steht eine Wohnung leer.
Der Letzte in der Runde geht durch die Räume; er denkt,
nun ist es so weit, daß ich der Letzte bin. Er weiß
noch nicht, was zu tun ist; er wußte nur,
so wird es kommen. Man weiß es immer, aber
man hofft ja, daß die Verzögerungen nie
ein Ende haben. Die Renovierung ist so lang
noch gar nicht her; nach jedem Abschiedsabend
wurde umgeräumt; Hoffnung saß am Tisch, wenn
die Gespenster wieder draußen waren. Die Endstationen
in der Nähe, Friedhof, Altersheim, die S-Bahn alle
zehn Minuten. Kein Trost, daß keine Wohnung

deine Wohnung ist für immer. Der alte Drehstuhl
dreht sich noch. Längst stehen die Birken höher
als das Haus, das Haus mit den nachts dunklen Fenstern
– jetzt,
mitten im Sturmtief, bewegt sich kein Zweig. Die Wetterfront
scheint die Waffenruhe einzuhalten. Dann schwankt der Zweig
hoch in der Linde: nach kurzer Landung
ist die Krähe abgeflogen. Die Krähe hält sich strikt
an den Auftrag: nichts sonst als Aufklärungsflüge.
Metaphern stimmen mit der Lage überein, solange
sich die Lage nicht ändert. Die Lage ändert sich;
die Wetterfront läßt die Waffen sprechen
– Fenster schließen,
im Durchzug fliegen die Zettel vom Tisch ... (konnte,
lieber Kollege von damals, Ihren Rat nicht befolgen, für
ein Kopiergerät reichte es nicht) –
die Reichweite
der Vorhaben von damals.
Der Hund, der vor dem Grammophon sitzt; die Stimme seines Herrn.
ASD, der Auslandssonderdienst.
Zwischen zwei Pappeln das Klappern der Schreibmaschine.
Nachts die Lautsprecherstimme vom Güterbahnhof.
Der schwarze Stadtrand von Lüttich.
Im Juniregen dampfender Asphalt.
Numeriert die Wege zwischen den Nissenhütten.
Städtischer Arbeiter, kaufmännischer Angestellter.

Jo Kirchner sagt, daß Forestier ein falscher Fuffziger ist.
Linie 12 bis Friesenplatz.
Wann ist bald, fragt Pyla Schneider.
Roth-Händle in Sechserpackung.
Vormals Friedrichstraße Berlin.
Herkenrath im Tor gegen Sowjetrußland.
Rostschutzfarbe für die Laternen am Gottesweg.
Das Schwimmbecken ab Wochenende Swimmingpool.
Kurt Edelhagen und das Modern Jazz Quartet.
Der lachende Vagabund.
Lettaus Wunsch, Indianer zu werden.
Der Frühling und seine Maschinengewehre.
Das Kino für die belgischen Familien.
Plakatgedicht mit Hannes Jähn, Farbfelder mit Willy Fleckhaus.
Fensterblicke in die Tiefe des Vororts.
Das nasse Straßenpflaster im französischen Film.
Schmonzentexte für Conny mit Cognac vom Werbeleiter.
Kollegen früher Fallschirmjäger, Panzerfahrer, Totenkopf.
Camillo Felgen steht in der Tür.
Verführbar durch Gebrauchsgraphik.
Viele hier sind alle von drüben.
Herbstfeuer mit Namen Amanda.
Das Treppenhaus, die braunen Kacheln.
Rittlings auf der Teppichstange.
Im Sommer nach sieben Jahren.
Zu zweit auf dem Fahrrad.

Alles Splitter einer Flakgranate.
Dachziegel fliegen von Hand zu Hand.
Zukunft glimmt für eine Zigarettenlänge auf.
Der Fußweg aus der Kreisklasse zur Oberliga.
Wohnsitze der Wiederholung.
Letzte Umarmung unter der Eisenbahnbrücke.
Bestandteile des Vorüber von Max Bense.
Die schwarze Lederjacke und der Kritikerempfang.
Straßen durch eine Gegend für später.
Unbekanntes Ottawa.
Überschrift für eine nichterzählte Geschichte.
Geräusche machen, wenn man nichts sagt.
Die Reichweite des Stummseins.
                                        Damit du weißt,
wo ich bin, lege ich einen Zettel auf den Tisch.
Der Abfallbeutel draußen in der Tonne; im Wagen liegen
die Flaschen für den Flaschencontainer. Der Hausarzt geht
auf der Straße spazieren, täglich, seit er die Praxis zu hat.
Krank sieht er aus. Gehn Sie spazieren, rät er
dem Stubenhocker, der auch noch Kette raucht.
Der Geist mag schweifen überallhin, aber dreht man
täglich seine Runde, bleibt der Haushalt in der Balance.
Hinter den Häusern schwillt auf und ab die Rauschwelle
der A 4; das Abgas schwebt konstant durchs
Straßenbegleitgrün; zu Hitlers Zeiten, raunt es
in den alten Wäldern, war die Luft im Reich

noch rein –

kannst du sagen, was
du jetzt vorhast, oder wartest du erst einmal
ab … Der Tee heut morgen ist ein bißchen dünne,
aber mehr als ein Löffelchen war nicht
in der Dose. Im Radio tritt einer als *Zeitzeuge*
auf … so hört es sich an, wenn man erfindet,
was man nicht erlebt hat. Geht es dir auch so?
Man sieht die Sonne hinter den Bäumen nicht,
aber man kann sehen, wie die Schattenzonen wechseln
und was sich darin tut.

Kuverts aus der Hauptstadt,
Großformate; es brodelt nur so von Ideen, schwer
was los. Designer schwärmen von der Architektur
des Weltkriegs; Bunker im Trend; Penthouse-Entwürfe,
wo die Flakkanzeln lagen, hoch im freien Schußfeld;
gleich um die Ecke Currywurst und französischer Grill.
Komm doch noch mal; Savignyplatz, dein alter Kiez dreht
auch wieder auf. Noch vor der Elbe zog Dr. Adenauer
die Vorhänge zu. Doch in der Rheinprovinz flogen die Herzen
der Pfarrerstöchter den evangelischen Preußen zu. Sicher,
ein paar Freunde, kaum mehr Feinde, und auf dem Speicher
der Karton mit Döberitzer Meßtischblättern, Fotos
von Dreilinden und der Köllnischen Heide –

Auerhuhn
und Roter Milan; die Försterei hofft, daß sieh die Gegend

wieder belebt. Hoffen wir mit. Kein Jagen und Verjagen
mehr, Ausgestorbene sind willkommen. Bald
ist der Igel dran, solange er in kalter Nacht
die Wärme des Asphalts sucht. Unsereinen warnen
Schilder, wo Wild am Straßenrand lauert –

kann auch sagen:

nimm Rücksicht auf die Rehe; sie folgen Regeln, die wir
nicht kennen. Andere Wörter, schon sieht die Situation
ganz anders aus. Was stimmt denn hier; welcher Wortlaut
hat die *Deutungshoheit* … Naturschützer, Poetologen, Parteibücher,
die Straßenverkehrsordnung, laden Sie doch alle ein zum
Akademiegespräch, irgendwie berührt das Thema sicher auch
unser aller Flüchtlingsthema, oder denkt da jemand
nicht so …

Ihre Skrupel kenne ich, damals Brief
vom Zeitgeist, als er einen Gleichgesinnten suchte.
Reihenweise Assistenten, keiner kam durch. Einen
sah man beim Griechen wieder, einen beim Italiener. Selber
fragt man sich, wer alles mitspricht, wenn so etwas
wie die innere Stimme spricht. Man hört Zitate.
Wechselt man Ersatzteile ein, kommt plötzlich zustande,
was sich wie O-Ton anhört. Zeitweise Summen, Störsender,
Heidewitzka. Vielleicht, daß die Geschichte des Zögerns
in Muttern ihrem Leib beginnt; später will man
so rasch vom Leben nicht lassen. Verhungern muß in der Fabel
der Esel, der zwischen zwei Heuhaufen steht und

für keinen sich entscheiden kann.
                                        Noch später
weiß man es auch nicht. Man schiebt den Einkaufswagen
zur Kasse; die Birnen aus Südafrika, Zwiebeln aus
Neuseeland. 's ist Winter; die Superfrische zeitlos. Woran
wir leiden, das ist der Mangel an Parkplatz. Schon wieder
Kratzer im Lack. Die Nachbarin seufzt, Kassenpatientin,
sechs Wochen bis zum Wartezimmer –
                                              Hochnebel heute, morgens
mit dem Rücken zum Fenster, Streuselkuchen nachmittags.
Drei Sätze gehen durch den Kopf; mit keinem
komme ich zurande, unentschieden geht es in den Abend;
zwischendurch versorge ich die Öfen, mache nochmal
Tee –
      »Was sagte Herr Kappe, du hattest ihn doch
angerufen.« Ja, war aber nur die Sprachbox. Im Frühjahr
ist der Baumschnitt fällig. Winterruhe bis gestern,
als der letzte Millimeter Eis in der Regentonne
verschwand. Die Amseln gehen aufeinander los. Kalender,
gleich wird man nervös –
                                  Die Jahreszeiten, Vivaldi.
Die Schwiegertochter Wochenende in Venedig. Als ich das Foto
machte, wußte ich gar nicht, daß die Dame in der Gondel
Peggy Guggenheim war. Im nachhinein der Reiseführer;
er sagt, was man alles verpaßt hat. Langes Leben, und
was sich alles angesammelt hat, wird man nicht mehr

los, und weil man auch noch daran hängt, kann der Sperrmüll
weiterfahren. Habt ihr Gummistiefel dabei?

Es hat nicht lange
geregnet. Geregnet hat es lange nicht. Draußen
die Stimmung … keiner unsrer Korrespondenten weiß mehr,
als die Nachrichtenlage hergibt. Trotzdem, wir wollen alles
wissen, sonst holen wir einen Hacker ins Haus, der in den Lücken
sich auskennt. Wolken kommen von weither; dein *Wolkenbild*
besteht nur in diesem Moment (und wenn du es malst, ist es
ein unwiederholbarer Moment in der Geschichte
des Himmels).

Programm-Musik
läßt sich mit Vorgängen ein, die der Musik nicht
eigentümlich sind, nicht wahr? Das Fenster steht offen,
ins Zimmer dringt der hohe Ton
der Einflugschneise. Als alle redeten vom Wetter,
die Bahn redete nicht mit. Sieht man rote Äpfel
auf der Leinwand, handelt es sich um eine Komposition
in roter Farbe. Der Werbeleiter goß den zweiten Cognac
ein und sagte, Schlagertext und Vaterunser, beides ist
ein verbales Produkt. Der Mensch fährt Bahn, von Stadt
zu Stadt, und wenn im Nebel nichts mehr geht, es gibt
doch Züge –

du siehst, wie Slogans hängen
bleiben, je älter, desto länger. Gekritzeltes im Treppenhaus,
die Witze des Straßenbahnschaffners, der Schrei des Reporters

im Stadion, die Decollagen der Plakatwand, Werner Höfers
Frühschoppen, Lautsprecher und Demo-Sprüche, Andeutungen
in Kleinanzeigen, Sepp Herberger im Interview, Pack
die Badehose ein, Frontberichte im Schallarchiv, Hilferufe
aus dem Keller, Schnipsel aus der Kartei etc.
Sprachliches
Material ... der poetologische Slogan, der oben unterm Dach
überwintert, aber bläst du ein bißchen Staub weg,
werden sie kenntlich, die Bestandteile der Biographie.
Klar, die Nachbarin sagt, da fallen mir
ganz andere Sachen ein, auch wenn ich Höfers Stimme
noch kenne ...
in jedem Fall spricht mit
das Geschiebe der Erfahrungen, zwischen Hinterhöfen
in der Südstadt und der Kinderlandverschickung
nach Vorpommern, und das ist die Frage, wie weit,
wie tief der Kurs reicht in die Landessprache,
wo das Hallo-Vokabular vorbeigeht an Zeit
und Erzählung; es dringt ja nicht ein
in die hinteren Räume, die Herkunft der Spuren,
die Schichten unter den täglichen Sätzen. Auf Dinge
zeigen, Tasten und Knöpfe, und gleich hat einen
die Bushaltestelle integriert; aber dann fehlt
wieder alles, was zu unseren Vergangenheiten gehört,
und hörst du nach und willst Genaueres wissen, piept
schon wieder ein Handy –
im Taxi

Kauderwelsch, das Thema Standplätze und wie
es steht im Taxikrieg, verstehe nur noch
Bahnhof. Die Vororte weit draußen waren einmal
Dörfer, und wer kein Fuhrwerk hatte, ging zu Fuß
zur Stadt, einmal im Jahr. Milchmädchen zogen
Schlitten über die vereisten Uferwiesen; ein Fahrrad
hatte schon die Lehrerin, die täglich pendelte
zwischen Handarbeit und Rechnen. Weißt du, daß
in deine Umgebung *Barbaren* eingefallen sind ... sie sind
geblieben; sie rodeten die Wälder und fingen an
mit Acker und Vieh; Wälle, Pfähle, Feuerstätten,
Hütten und verstreute Gehöfte, die Sumpfpfade,
das Steingeröll der Wege für Händler, Wegelagerer
und Germaniens Heere ... dein Taxifahrer folgt
der Spur, tippt er sich ins Navi ein und nimmt
die B 55

– Napoleons route de guerre, als es nach Rußland
ging und zurück mit den Resten der verheizten,
erfrorenen Armee. *Mach keine Fisimatenten*, komm
mit ins Zelt; die rheinischen Mädchen wissen, wie
es französisch gemeint war. Die Außenforts
sind geschleift, aufgegangen der Masterplan für Landschaft
mit Bürgern; laß uns kahnfahren gehn und
zuschaun, wo die Geißböcke traben

– Ansichtskarten
mit lokalen Sehenswürdigkeiten; man muß sie erst mal

kennenlernen, sonst steht man rum wie bestellt
und dann nicht abgeholt im illegalen Aufenthalt;
wir rechnen mit Schnee hier bis Ostern.
                                                                  Neue Formate,
ich komme auch nicht mehr mit. Winzig zeigen sich
die gelben Spitzen der Forsythien. Der Blick hinüber
an den Rand der alten Militärringstraße, und
wenn du Zeit hast, beginnt der Nachmittag
mit einem handgeschriebenen Lebenslauf. Später vielleicht,
jetzt steht der Regenbogen über den Hügeln; die Welt
geht ja nicht unter –
                                      dann ist der Himmel
so schwarz, daß man sich wieder fürchten muß. Videos
laufen, vermummte Gesichter, einige erkennt man, man
kennt sie schon vom letzten Mal, einige haben
mehr als zwei Pässe.
                                    Dann schiebt sich ins Bild
die Fahrzeugkolonne. Ein Fahrzeug nach dem anderen
fliegt in die Luft. Das *Panzer-As* der Kommandant;
er läßt sich Zeit beim Zielen, rollt seelenruhig
auf den Wiesen nebenher
                                              – was du dir
ausdenkst, ist irgendwann schon geschehen, oder
es kommt noch. Es geht um die Mitschrift
des Wirklichen, und wie es die Schrift verändert –
                                                                              Trümmer

einer unbekannten Gegend, im Traum. Hat sie der Traum
erfunden, oder ist es die Variation von Bildern, tief
unten vom Gedächtnis verwahrt …

man sieht nicht,
wie man aussieht, wenn man dies und das tut. Kannst
du kein Selfie? Früher setzte sich der Maler hin,
Staffelei und Spiegel; man sah den Maler, der
sich selber malt.

Der da steht
und Gläser spült, war Führungsoffizier. Sein Vater
Ortsgruppenleiter, bis ihn die Rote Armee vom Faschismus
befreite.

Heimatkunde pendelt zwischen Ost und West.
Ein paar herausgerissene Kapitel; irgendwo krähte
immer ein Hahn. Kiefernwald wächst übers Sperrgelände
von Dreilinden und am Bensberger Marktweg. Rübenkraut
bei uns, bei euch die Teltower Rübchen –

mag sein, es gibt
die Fälle, die nicht in Serie gehen; schon lange her
das letzte Kofferpacken vor dem Abschied. Man lebt
getrennt, man bleibt im Haus, man läuft sich schon mal
über den Weg, und was sich noch findet, kann man
behalten, Sammeltasse, Bahnsteigkarte, Drehbleistifte,
Tüten aus der Samenhandlung, Schlüsselbund mit Schlüssel
für keine Tür mehr –

ziehst du

an einem Faden, bewegt sich das ganze Netz. Siehst du
der Spinne zwischen den Türbalken zu, kannst du lernen,
wie man anfängt im Nichts.
Möwen drehen
über der verölten Küste ins Landesinnere ab. Sie stelzen
über unsere Äcker. Nicht lange, und aus den Baumreihen
stoßen die Krähen herab.
Frühjahrs-Produkte; wir hängen
aber noch im Herbst fest. Welcher Herbst, welches Manöver,
welcher Tarif, welcher Neumond, welcher Seestern,
welches Frühjahr –
Im Nahverkehr kennen wir uns
halbwegs aus. Hier fängt die Sackgasse an, dort
fährst du in die Einbahnstraße. Kommst du
um zwölf an der Kirche vorbei, beginnen die Glocken
zu läuten –
(schwerhörig, auf einem Ohr, ein bißchen;
fürs andere Ohr, bitte noch einmal)
– langsam überquerte ich
die Dhünn und schaute hin zum Roten Milan, den ich
erkannte an seinem aufgespreizten Gabelschwanz.
Ich staunte über die Weite der Schwingen; er kreiste
so tief über Ufer und Brücke, daß ich, wäre ich
ausgestiegen, hätte meinen können, das Schlagen
der Flügel zu hören. Weiterfahrend fiel mir ein,

vor vielen Jahren sah ich ihn zum ersten Mal, hoch
im Himmel über Wiepersdorf. Der Dorfschmied lebt
nicht mehr, ich nannte ihn Herrn Demuth. Herr Demuth
zeigte in die blaue Luft und zeigte mir, woran
man ihn erkennt und warum die Leute auch
Gabelweihe dafür sagen.
Den Autoatlas auf den Knien
sagte die Mutter, wo wir jetzt sind. Wir waren
weit weg und schon bald da; sie litt und freute sich
zugleich, der Umzug, Große Ferien, Krieg die Woche
später, der Adler ein neuer Trumpf Junior mußte
eingefahren werden, nicht mehr als fünfzig
Stundenkilometer –
Hummeln, Sportmaschinen, wieder
der Milan, es tut sich was über den Gärten. Teste
den Gartentrecker, springt nicht an, Gerassel im
Getriebe, Krise jedes Jahr.
Der Saft war gelb,
die Dose braun. Keine Aufschrift. Die Dose
hatte mir der Ami zugeworfen; ich gaffte hinter
dem Jeep her. So fremd und bitter der Geschmack,
vielleicht ist Giftiges drin, wir kannten sowas nicht,
Grapefruit, Pampelmuse –
hast du auch schon
erzählt, ich weiß, und in Prosa geht es ein bißchen
ausführlicher zu. Haben wenige zugehört, kopfnickend

einer vom gleichen Jahrgang. Der wußte dann, es geht
um Einzelheiten, wenn man Erfahrungen vergleicht …
Holzsandalen, Sondermischung, Kohlenklau, Kübelwagen,
In the mood etc. Manchmal Zitronen; weiß nicht mehr,
ob in der Küche eine Zitronenpresse stand. Heute
Frühstück mit Orangensaft, sweet and lovely, leises
Surren, das du im Schlafzimmer nicht hörst.
Gestern
hängten wir Bilder auf. Boddenlandschaft. Ziegenställe
in der Sahara. Draußen den ganzen Tag Regen. Lebensläufe
berühren sich in einer Konstellation, die zufällig
entstanden ist; zufällig entsteht nichts; die Anwesenden
können sagen, warum sie anwesend sind. Thema
fürs Interview, nachmittags zum Tee. Im Hintergrund
die Heidelandschaft mit Ginster am Bahndamm,
Kindergarten und Kasernenlage; der Sportplatz
SC Preussen gegenüber der evangelischen Kirche; der Pfarrer
stellt die irdischen Zusammenhänge her –
hinterher
heißt es, das war so etwas wie ein historischer
Moment; die Beteiligten taten so, als gingen sie nur
ihrer Arbeit nach. Wer mit der Straßenbahn gekommen war,
erzählte wie von einer langen Reise, fremde Gegend,
Vororte, die einmal Dörfer waren; Einheimische,
die Kinder von einst, sie leben mit den Legenden,
die auf dem Schulhof entstanden sind. Als

draußen ein Motorrad dröhnte, gingen ein paar Sätze
verloren; sie sind wiederholbar geblieben, und
die Bilder bleiben eine Weile ja hängen –

Wiedersehen,

wenn man nur will und kommt, um aufzuhalten
unser aller Verschwinden. Aufhalten läßt es sich
nicht, aber wir haben noch ein bißchen Zeit. Alt
sieht schon die Junioren-Mannschaft aus; die Rente
kommt nicht mehr rostfrei; im Wartezimmer sitzen
Beschwerden, die man früher kurierte mit Hansaplast
aus der Küchenschublade. Die Stimmung gereizt,
wenn einer wieder anfängt von

früher

und dann auch noch abwinkt ... man scheint es ja
besser zu wissen, oder hinkt und hustet, röchelt und
ächzt nicht *authentisch*, der eigenhändig die Leiter aufstellt
und die Hecke schneidet? Der Nachbar kennt immerhin
ein paar Namen ... Severin, Schlömer, Habets, Hardt,
nur stimmt die Radrennbahn nicht, wo die Oberliga erst
antrat, als Preussen Dellbrück sein altes Gelände
räumte, requiriert für die Artillerie der belgischen
Besatzer ...

Vorortchronik, Abstiegskämpfe, Heimkehrer
mit Kinderwägelchen und Krückstock, die Jungens
an den Flakscheinwerfern alle mausetot. Kameraschwenk
übers Baggerloch, wo Lastwagen eine Lederjacke umkreisen,

die für den NDR Gedichte liest. Die Freundin pfeift,
Erkennungsmelodie, All the things you are, ginstergelb
die Blüte zwischen den Manöverspuren; zwischen
den Kiefern die Backsteingotik des Schießstands;
die Kinder fanden noch Patronenhülsen, dann
kamen die Exekutionen heraus, Sie wissen doch, wer
desertierte, wurde an die Wand gestellt –

der *Heidehof*,
hier schwangen das Tanzbein unsere Familien. Betriebsfeste
der Firma Walther, KG Uhu, Wally Bishop, Millowitsch,
Laienspielschar Christuskirche, Opernarien, Auftritt
Hugo Schäfer-Schuchardt, dann legte Hanneliese einen
und was für einen Boogie-Woogie hin … Investor stadtbekannt,
kleine Größe im Kamelhaarmantel, einverleibte sich,
riß ab, planierte, was einmal Ansichtskarte war
um die Jahrhundertwende … Absturz, Regionalliga,
insolvent bis auf den Klempnerkittel, aus die Maus
und platt das Terrain, irgendwann fiels
der Gemeinnützigkeit zu

– oder was kann man
auf leeren Plätzen entdecken … darum ging es,
als die Kamera unterwegs war zu den Bildern, die,
sagtest du, immer schon da sind. Jeder hat seinen Ort,
wo alles anfängt. Fast jeder ist fortgegangen. Falls
einer sich sehen läßt später, später wundert er
sich … *das war hier aber ganz anders*. Man will eben

nicht abgewickelt sehen, was Eckkneipe, Sandweg, Sprossenfenster,
Metzgerladen, Rosenhecke, Zeitungskiosk war. Alles einfach
weg … nie war es so, sag's den Enkelkindern, daß
zwanzig Jahre mehr verändert haben als zweihundert;
Postkutsche und Airbus, na ja, dazwischen beispielsweise
Caracciola, ein paar Geschwader Heinkel-Piloten –
der Mond hängt
unten im Gezweig des Wäldchens: ein Augenblick im Nochnie,
indem ich, oben im Fenster stehend, *hinab*blickte
auf sein schiefes Gesicht. Keine Ahnung, wie lunare Verläufe
entstehen; ich spürte aber, wie Verwunderung entstehen
kann, das Glück des Staunens, als wäre da was
wie zum ersten Mal
– April-Schnee, und du siehst, wie
das Bild übergeht in ein Bild, das, zu seiner Zeit
und wie ein jedes, ein neues Bild war. Wie lange
die Neuigkeit anhält … vielleicht für 15 Minuten;
das war schon mal so eine Sendelänge. Längst flutet es
zu Formaten, die unübersehbar sind; anhalten kann
keiner mehr; fürs Sommerloch serienweise Déjà-vu.
Auf den Höhen
zum Sauerland hin grünt es zwischen den Resten
von Schnee; in diesem Jahr zu wenig Schnee
für Skilift und Schußfahrt; Holland hat hier
sein nächstes Gebirge; ein paar Holländer kamen
und gingen mit ihren Stöcken spazieren. Langsam verschieben sich

die Landkarten-Zonen; der Winter wandert aus, Nordafrika
wandert ein; Zugvögel kommen zurück
früh wie nie

– treu bleiben die Krähen.

Sie halten sich ans Haus. Harr harr; sie grüßen, wenn
wir die Tür aufschließen. Sie können warten und haben
ein Gedächtnis, und hören sie den Blechteller kommen,
wissen sie, der Mensch ist gut, er bringt ein paar Knochen,
den verschimmelten Schinken, die von der Falle
erschlagene Maus. Ein kanadisches Bild sagt, sie liegen
flach in der Luft wie eine He 111. Sie streichen heran
und hinweg, paarweise, mit unbewegten Flügeln; sie halten
Distanz und bleiben weg, wenn ihnen danach ist.

Kalte Tage

kommen wieder, fast wie ein Trost. Sie täuschen ja nur,
die Schönwetterlagen. Was mache ich falsch … jede Entscheidung
schleppt einen Sack voller Zweifel mit. Dazu das Gerümpel,
von dem man sich nicht trennen kann, und kann man es,
verlangt die Entsorgung 6000 Euro; Container-Ladung
für die Ärmsten im Nichts der Sahara.

Randvoll der Ascheneimer,

die Müllabfuhr läßt ihn stehen. Eisenblech, eigentlich Schrott,
stammt aus der Kohlenofenzeit. Dürfte im Dorf der letzte
sein, nicht nur im Dorf; soweit die EU reicht, schon ewig
die Kunststoffbehälter. Keine heiße Asche! Sie würden
verglühen, die Feuerwehr müßte kommen. Meine heiße Asche,

jeden Morgen balanciere ich den Glutkasten hinaus
ins gute alte Eisenblech; Tage später schaufle ich,
schäufelchensweise, die kalte Asche in die Eurotonne
um. Manchmal sehen Nachbarkinder zu. Sie wundern sich, denn
was es zu sehen gibt, gibt es ja sonst nicht –

mach nur weiter,
und wenn sie festsitzt, die Drehspirale im verstopften
Abflußrohr, du mußt drehen und drehen, hör nicht auf, bis
du spürst, da sind wir durch. Danach Toast, Orangenkonfitüre,
Tee. Die kommende Kalenderwoche ist wunderbar leer. Anfrage,
ob man kommt; man überlegt ja auch noch, wo längst klar ist,
daß man, daß man nicht kommt

– dann stehen Leute draußen,
die man drinnen nicht haben will.
Heckenzäune sichern die Wege vor heranwehendem Schnee.
Wer sich vornimmt, die Gegend zu verlassen,
hat dafür einen Grund.
Wir zelteten am Wegesrand; am nächsten Morgen beeilten
wir uns fortzukommen.
Wachleute nachts; nachts bleibt es ruhig.
Schellt es, schaut man erst durchs Fenster,
ehe man die Tür aufmacht.
Zu viele Fremde am Kopiergerät; jetzt geht das nur
mit Hausausweis.
Mit zwei Kinderwagen unterwegs; geschoben der eine,
gezogen der andere.

Die nächste Seite, Ortswechsel.
Tagträume verändern die Umgebung.
Parallelen zur Biografie.
Was einem schwerfällt, wie man es sich leichtmacht.
Morgens scheint es, daß man ein paar Dinge
klarer sieht.
Wachsende Unruhe, wechselnde Ursachen.
Gesichter sehen einen an, die man nicht ansehen will.
Trostlos der Verlauf, aber anders geht es nicht.
Heute sind wir freundlich, morgen warten wir mal ab.
Sie sind ja gesund, sagt der Arzt, aber wiedersehen
möchte ich Sie bald.
Schräg fällt die Sonne ins Gebüsch, in dem
der Stuhl steht.
Der plötzliche Knall, das ist die geplatzte Tüte.
Nimm den Mantel mit, man weiß es nie.
Was du zu sehen bekommst, haben vor dir
viele gesehen.
Die Erinnerung an etwas, das in den Erinnerungen
nicht vorkommt; Graugänse über Toronto.
Alles scheint gestern gewesen zu sein, einiges vielleicht
vorgestern, und vorvorgestern lebten die Großeltern noch.
Als ich nochmals zum Giebel hochschaute, war die Amsel
nicht mehr da.
Nachmittags Bilder, die man nicht festhalten kann.
Kanada im Karton auf dem Speicher.

Holzscheite: das Wort, nach dem ich gesucht hatte,
es kam ganz von allein.
Gegenstände, mit denen man täglich zu tun hat.
Täglich läßt man etwas fallen.
Warten, indem man ständig etwas tut.
Wir fragen, warum wir so wenig wissen, denn nach allem,
was wir mitbekommen haben, müße es mehr sein.
Zurück im Land;
nach der Landung nachts, gleich der erste Kälteschock.
Pfingstrosen, Rhododendron ... wir sehen, was der Hagel alles
zerschlagen hat; die Nachbarin sagt, drei Wochen Gewitter.
Aber nach jeder Rückkehr: das Wunder,
daß man zurückkehren kann. Provisorisches
Ausweispapier; Sehnenzerrung, Bronchitis; das Taschenmesser
kassierte die Security; Maschine rollte zurück wegen
renitentem Passagier –
Lieblingsblume? Ich sage,
Rosen von der Hochzeit bis zum Sarg, aber jetzt, nach
allen Gewittern, steht reihenweise Fingerhut ums Haus,
und ich sehe den Hummeln zu, wie sie in die Kelche
kriechen ... und wie mich die Gift-Angst erinnert
an den Jungen, der im Garten alles tat, was
gefährlich und verboten war
– morgen Dienstag, vergiß
die Bio-Tonne nicht; Siggi sagt, daß er nebenan
das Haus gekauft hat, das leerstehende Haus, das

man nicht sehen kann, so dicht wuchert drum herum
das Grünzeug. Kann sich alles verändern? Nie
weiß man, was einen erwartet, wie nach einer Rückkehr
es aussieht. Die Trommelei im Traum, die Warnungen
vielleicht, jetzt dröhnt die Schreddermaschine –
                                                                                und Tauben,
zwei weiße, sitzen auf dem Ast, der in den Schwarzhimmel
ragt. Fern jault die Sirene. Danach ist es stiller
als zuvor, in unserer Gegend, in der nichts still
bleiben kann.
                        Wochenende; alles im Haus,
was wir brauchen? Gewohnheitsmäßige Panik … es ist,
in der Geschichte des Mangels, das endlose Kapitel,
das nicht loskommt von abgeräumtem Ackerland,
geplünderten Speichern und Gärten, Güterwaggons,
die aufgebrochen und leer sind. Der Sack auf Schulter
und Fahrrad, der Leiterwagen, das Reisigbündel,
das Trittbrett, Razzia, Kontrolle, das schleppt sich
für ein Weilchen noch hin, und wie man sieht, aufs
Neue, der Stacheldraht wird ausgerollt
                                                              – Bettkante nachts
nach Fluchtversuchen im Traum, aufs Neue gescheitert,
eine Folge von Variationen, und keiner kommt helfen.
Nun zeige mal, was du nicht kannst. Kniewelle, Bauchwelle,
Note Eins. Ein Name, den man sich merken muß.
Bauchkrämpfe in der zweiten Halbzeit. Auf Zehenspitzen,

holterdipolter, mit Siebenmeilenstiefeln. Gedanken wie
treibender Schnee, Hellseherei in der Dämmerung, Programme
für ein stummes Dabeisein. Datensperre, falls Sie
mehr wissen wollen –

Wer war das noch?

Das wär's also.

Der Waldrand glänzt, glänzt auf, bevor die Sonne
untergeht. Wir nehmen uns die Zeit, die wir
brauchen … so sagen wir, trotz allem, was wir an
Verlusten schreiben. Die Rehe warten, bis die Lichtung
im Dunkel liegt, und wenn man nichts sehen will,
macht man die Augen zu.

Die Augen sind zu,

und ein Meer von Bildern brandet heran. Für eine Weile
ganz interessant, was im *inneren Kino* alles so
vorkommt, dann reißt die Serie schon ab, und
der Giebel muß gestrichen werden –

müssen wir umdenken,

einsparen, dichtmachen, zum Friseur gehn … tagelang
tropft es, bis der Dachdecker den Ziegel auswechseln
kommt; besiegelt bleibt das Desaster der Kirschen … was
ist mit den Kirschen? Sieh hoch ins Gezweig: alle
Kirschen geplatzt, die meisten beginnen zu faulen, keine
richtig reif. Zuvor das Diebesvolk der Vögel, doch dann
die landesweite Regenfront, Geniesel und Geprassel,
Heumachen kannste vergessen –

was es ist, Brüssel
macht mit Schock-Fotos gegen die Tabakfront mobil,
der Kunden-Service meldet sich mit tätowierter Stimme,
noch verdunkelt unsre Kindergärten die NS-Vergangenheit,
noch und nöcher sinken die Zinsen –
kann nicht lesen,
was ich schreibe: entzwei die Brille, heute mittag.
Zum Optiker, kann er helfen? Im Alter hilft es, wenn
alles in der Nähe liegt; kurzfristig kann sich
das Befinden ändern, Diesel wieder billiger, vielleicht
komme ich bis abends hin, für alte Schreibmaschinen
hat man auch den Fachmann nicht mehr –
Preislied
auf den Laden im Dorf, der noch Farbbänder, Kohlepapier hat.
Unsichtbar bleibt der Investor, der die Altbauten abreißt;
kein Wort versteht und müde lächelt der Bulgare, der
in der Baggerkanzel sitzt. Er hilft, der Optiker, er hilft;
er sagt, die Hoffnung stirbt nicht, solange es
Ersatzteile gibt.
Sehen wir zu, was
aus dem Sommer noch wird, und nicht nur vom Sommer
hängt ab, welche Art von Erzählung die vergehende Zeit
zurückläßt. Die Erdbeerfelder geben nichts mehr her;
die letzten Augenzeugen, sie sagen nichts mehr Neues; jetzt
fahren Nachfolger vor, die im Studiogelände schon
nach einem Parkplatz suchen. Einst dachte ich, die Phasen

der alten Entwürfe sind wiederholbar, und das Gartenmotiv
setzt sich fort in den Bildern, die es verändern. Kettensäge
nebenan; der neue Eigentümer legt alles um, was
ein dichter und wilder Zusammenhang war. Sicher hat der Siggi
recht; es geht ja um klare Verhältnisse, wo
kein Durchblick und kein Überblick, keine Aussicht
in die Umgebung. Kommen die Brombeeren wieder? Die kleinen Vögel
sind alle weg, die großen kreisen noch eine Weile, bis
der Tower die Einflugschneise über unsere Häuser legt.
Kein Thema? Brechen wir ab. Was sich anhört wie
Seufzen, kommt von den alten Dachrinnen her,
die an der Scheunenwand lehnen, und wir lassen
sie stehen, für das Geräusch, das der Wind macht,
wenn er sich darin fängt –

Jürgen Becker im Suhrkamp Verlag

Felder
edition suhrkamp 61. 1964
Mit einem Nachwort von Heinrich Vormweg
Bibliothek Suhrkamp 978. 1988

Ränder
Klappenbroschur. 1968
edition suhrkamp 351. 1970

Die Gedichte
suhrkamp taschenbuch 2596. 1995

Der fehlende Rest
Erzählung. Gebunden. 1997
suhrkamp taschenbuch 3423. 2002

Aus der Geschichte der Trennungen
Roman. Gebunden. 1999
suhrkamp taschenbuch 4585. 2014

Schnee in den Ardennen
Journalroman. Gebunden. 2003
suhrkamp taschenbuch 4130. 2009

Die folgenden Seiten
Journalgeschichten. Gebunden. 2006

Aus der Kölner Bucht
Gedichte
suhrkamp taschenbuch 4155. 2009

Im Radio das Meer
Journalsätze. Gebunden. 2009

Wie es weiterging
Ein Durchgang – Prosa aus fünf Jahrzehnten
Gebunden. 2012

Jetzt die Gegend damals
Journalroman. Gebunden. 2015

Gelegenheiten
Aufsätze und Gespräche, Reden und Rezensionen
Herausgegeben von Gabriele Ewenz
suhrkamp taschenbuch 4831. 2017

Jürgen Becker/Rango Bohne

Fenster und Stimmen
Gedichte von Jürgen Becker und Bilder von Rango Bohne
Klappenbroschur. 1982

Frauen mit dem Rücken zum Betrachter
Bilder von Rango Bohne. Stimmen von Jürgen Becker
Klappenbroschur. 1989

Korrespondenzen mit Landschaft
Collagen von Rango Bohne
Gedichte von Jürgen Becker
Gebunden. Im Schuber. 1996